歐陽開代◎製作
楊維仁◎主編

天籟吟社九十週年紀念集

姚啟甲 敬題

萬卷樓

天籟吟社

賈景德

礪心齋

賈景德

天籟

述三著

《天籟吟社九十週年紀念集》目次表

◎天籟吟社社員詩作選輯

◎天籟吟社例會詩作集錦

名譽社長序

日治時期大正年間，台人爭取民權之活動漸趨活躍，一九一六年蔣渭水先生創立「大安醫院」於大稻埕，鼓吹民族自救運動與文化運動，年輕一輩智識份子踴躍參與，蔣先生又於一九二〇年成立「文化公司」，推行議會請願運動，其後蔣先生一九二一年推動成立台灣文化協會，活動範圍大抵以大稻埕附近為軸心。

此一時期，日警察訪得悉參與文化運動之年輕智識份子，多有來自大稻埕當地聲譽卓越之「礪心齋」門生，因此對於礪心齋書房監視甚嚴。林述三先生擔心日人對礪心齋採取強制手段，乃由礪心齋師生另行成立詩社，預防書房若遭禁教之時，仍可藉由詩社延續漢學，天籟吟社於焉創立。創立之初，並未對外積極宣揚，任由媒體自行報導成立日期，是以創社年代眾說紛紜。一九七八年本社在大龍峒保安宮舉辦五十八週年慶，一九八〇年又在大龍峒王祖厝舉行六十週年慶，以此推算，則創社當在一九二〇年，距今九十年矣。

日治時期詩風極盛，然吟詩方法之講授在當時並未普遍，獨有礪心齋與天籟吟社之詩學傳承，重視創作、誦讀、吟唱三管齊下，因而所吟詩詞注重平仄分明、抑揚叶律，騷壇乃譽為「天籟調」，天籟調傳唱於全臺騷壇與各級院校，本社之聲名因而愈加彰顯。

其後社內師長日漸凋零，一九九八年後，則由余與同學葉世榮先生繼承社務。復於二〇〇四年夏，辦理天籟社員重新登記，多位熱心之吟友加盟協助重整，自此重新社員分組，四季輪值例會敦盟，並成立「天籟讀書會」，切磋砥礪，至今不輟。

今年恰值天籟吟社成立九十週年社慶，本社由社長歐陽開代先生暨副社長姚啓甲先生、黃明輝先生、張民選先生領導舉開社慶活動，同時推行國際詩人交流，並陸續出版天籟吟社相關書籍。全社一心，出錢出力，余忝為天籟名譽社長，為此深切感動。

天籟吟社九十年，乃全體社員足堪自豪之不凡經歷。祈願各地騷壇先進續賜鼎力匡助，為詩學之延續發揚共同奮鬥。今當天籟九十週年紀念集出版前夕，聊敘天籟沿革如上，用以代序。

張國裕 謹誌

社長序

茲逢天籟吟社九十週年大慶，開代萬感交集，回憶幼時家居永樂市場附近，時隨姨母姚敏瑄、姚淑文女士出入礪心齋，有幸拜見林述三大師，歷歷往事，如在目前。

十多年前開代半退休後，先後師事楊振福、陳榮弫、林正三、張國裕諸位先生研習漢詩，並加入天籟吟社向各位前輩、詞長學習。今年仲春，張國裕社長突然推薦開代接任天籟吟社社長職位，開代至感惶恐，然能擔任此歷史悠久、文聲遠播之詩社社長，亦自深感榮幸。開代詩齡尚薄、學淺才疏，今後在姚啓甲、黃明輝、張民選三位副社長及各位社員的協助下，決全力推進本社之永續發展，祈各界先進不吝賜教，不勝感激。

今當天籟吟社九十週年大慶，籌備會決議編輯紀念集乙冊，除回顧昔年詩會珠璣，蒐集近年例會佳章之外，並輯錄社員個人近作，委由楊總幹事維仁編輯之。時值付梓前夕，略敘天籟因緣及出版緣由，是以為序。

天籟吟社社長 **歐陽開代** 謹誌

庚寅仲秋二〇一〇年九月

風勵儒林

——天籟吟社歷任社長群像

第一任社長　林述三先生

林述三（1887~1956），名纘，字述三，以字行。號怪痴、怪星，又號蓬瀛一逸夫、唐山客、苓草。述三先生創設礪心齋書房與天籟吟社，作育英才無數，推行詩教居功厥偉，曾有「稻江詩界通天教主」之美譽。文學作品包括詩、詞、文、賦、謎、小說等多種，著有《礪心齋詩集》，民國四十一年（1952）台灣省政府主席吳國禎頒贈「風勵儒林」匾額以褒揚其文化貢獻。

林述三先生像
（楊維仁翻攝自天籟吟社舊址）

台灣省主席吳國禎頒贈「風勵儒林」匾額
（楊維仁攝）

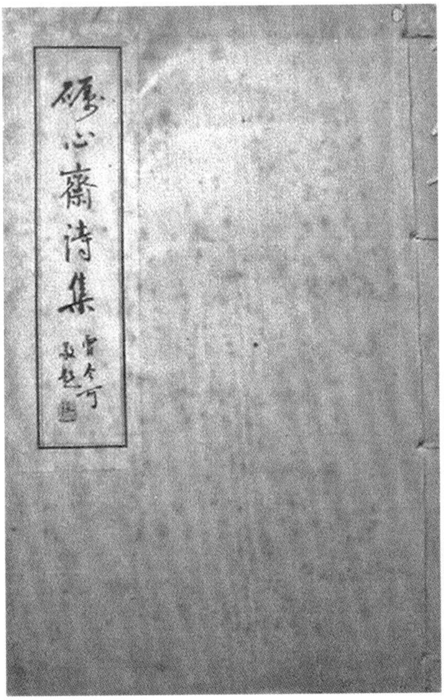

林述三著《礪心齋詩集》

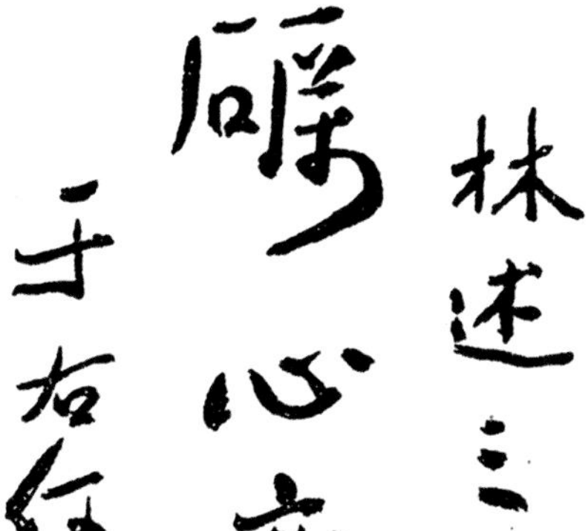

于右任先生為礪心齋詩集題字

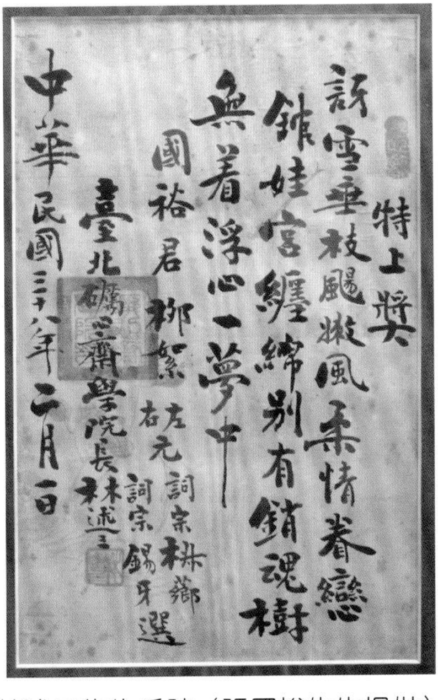

林述三先生手跡（張國裕先生提供）

第二任社長　林錫麟先生

林錫麟（1911~1990），字爾祥，別號銅臭齋，又號尚睡軒夫子。為礪心齋暨天籟吟社創辦人林述三先生之長子，接替父親執教礪心齋書房啓導後學，貢獻漢學教育四十餘年之久。詩作多刊載於各報章雜誌，未有專集發行。

林錫麟先生像
（楊維仁翻攝自天籟吟社舊址）

林錫麟先生題字（葉世榮先生提供）

第三任社長　林錫牙先生

林錫牙（1913~1996），字爾崇，為天籟吟社首任社長林述三先生之次子，賜任社長林錫麟先生之胞弟。一九七六年中華民國傳統詩學會成立，膺任第一屆副理事長，一九七九年起連任第二屆、第三屆理事長，第四屆起轉任名譽理事長，長期位居詩壇領導地位。著有《讀父書樓詩集》。

林錫牙先生像
（楊維仁翻攝自《讀父書樓詩集》）

林錫牙著《讀父書樓詩集》
（楊維仁提供）

台北市長高玉樹題贈「讀父書樓」匾額
（楊維仁翻攝自《讀父書樓詩集》）

第四任社長 高墀元先生

高墀元（1918~1998），字策軒，日治時期大正七年生於台北縣新店街，公學校畢業後留學日本京都第一商業學校，返台後就讀礪心齋，師事林述三夫子，從讀經史，旁及韻學。夫人高碧姿亦擅吟詠，夫唱婦隨。一九九六年林錫牙社長去世後，以輩分最高資歷最深，被推選為第四任社長，二年後逝世。

高墀元先生像
（楊維仁 翻攝自《天籟詩集》）

高墀元　字策軒。郡望渤海。祖籍福建。民國七年生於台北縣新店街。父國楝公業商。岳父鄭文治公創設培文書閣。桃李滿門。公學校畢業後負笈東渡。留學日本京都昭和第一商業學校。回國後就讀礪心齋學院。受恩師林述三夫子教讀經史。旁及韻學。加入天籟吟社。夫人高碧姿亦耽吟詠。夫唱婦隨。家庭美滿。

壽鄭文治岳父六十

叨霑餘蔭挹書馨。遙望蘆洲爍極星。安許無才誇坦腹。應知有德享遐齡。泰山仰止山長翠。酒海開來海久青。喜見斯文登甲籙。千天壽宇俯東溟。

壽周樹聲老九秩

早具金剛不壞身。養生有道世無倫。一門燕賀三千客。百世彪勳九十春。李杜風徽留史實。鍾王筆法自天真。欣看上壽歸仁者。鶴算龜齡衍大椿。

壽陳皆興老八十

月光如水草如茵。壽宇宏開氣象新。才思堪追工部杜。家風更羨穎川陳。同看南北三千客。來頌岡陵十萬春。名滿區寰詞筆健。詩壇祭酒杖朝人。

六一初度感賦

無那光陰似水流。驚看甲籙已重周。閒從海上敦夷惠。時向樽前契鷺鷗。處世常存天地理。奉公不為稻粱謀。老來猶有疏狂氣。合上元龍百尺樓。

世艱敢道壽堂開。往事如烟記述來。但向生涯甘薄倖。不從官路覓良媒。娛懷惟有三更酒。栽筆嗟無八斗才。周甲今蹉功未立。笑余傲骨似寒梅。

高墀元先生詩作
（楊維仁翻攝自《傳統詩集》第一輯）

第五任社長　張國裕先生

張國裕（1928~），台北市人，師事礪心齋林錫麟夫子研習詩書，為林述三先生之再傳弟子。曾任中華民國傳統詩學會秘書長、副理事長、理事長、天籟吟社社長，現任中華民國傳統詩學會名譽理事長、天籟吟社名譽社長、北辰企業負責人。

張國裕先生玉照

天籟社員慶祝張國裕社長八一華誕

第六任社長　歐陽開代先生

歐陽開代（1935~），台北市人，台大外文系畢業，數十年來馳騁電子通訊商界，頗有建樹。幼年曾隨姨母姚敏瑄、姚淑文女士出入礪心齋，拜見林述三先生。自商場半退休後，師事楊振福、陳榮詎、林正三、張國裕諸位先生研習漢詩，二〇〇九年一月任本社副社長，二〇一〇年二月接任社長。

歐陽開代先生玉照

歐陽開代社長主持台日吟詩交流活動

社長交接（2010.2.20.於天籟吟社庚寅春宴）

天籟吟社春宴暨社長交接（2010.2.20.）

考試院長賈景德題字

天籟社長印信

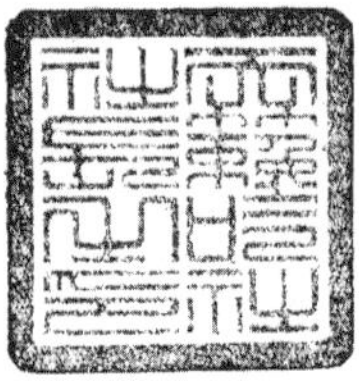

天籟吟社社長之印

天籟吟社回顧

天籟吟社舊址內部（楊維仁　攝）

大稻埕中街天籟吟社舊址（今台北市迪化街一段 154 號）

林述三夫子六秩晉壹榮壽礪心齋同學會成立紀念　　民國三十七年七月十七日
（王孟玲女士提供）

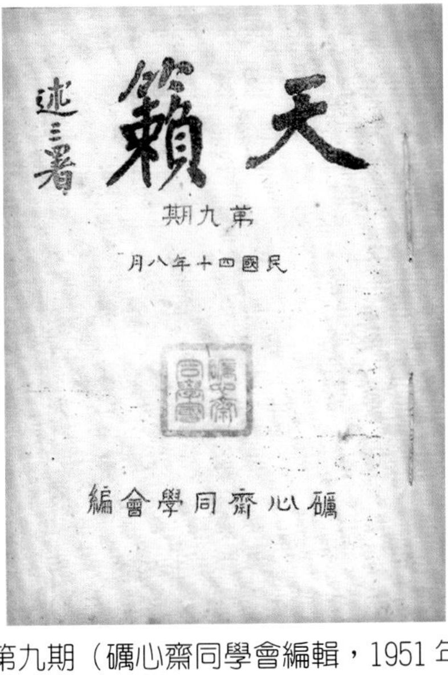

《天籟報》第九期（礪心齋同學會編輯，1951 年 8 月刊行）

《天籟詩集》（天籟吟社幹事組編輯，1988 年 10 月天籟吟社出版）

天籟吟社 1988 年合影（葉世榮先生提供）

天籟吟社吟唱表演（2001.9.9.板橋林家花園）

天籟吟社吟唱表演（2001.9.9.板橋林家花園）

台灣省中等學校教師研習中心授課（2004.1.8）

2005 春季例會（2005.1.2）

天籟吟社春宴（2005.2.26）

2005 春季例會（2005.10.16）

天籟吟社八十五年慶聯吟大會（2005.10.22 奉天宮）

天籟吟社八十五年慶聯吟大會（2005.10.22 奉天宮）

天籟吟社春宴（2006.2.11）

天籟吟社 2006 年合影（12.17.冬季例會）

本社承辦台日第三屆文化交流詩詞聯吟大會（2010.6.27 台北孔廟）

本社承辦台日第三屆文化交流詩詞聯吟大會（2010.6.27 台北孔廟）

九十週年紀念合影（2010.1.9.於天籟吟社例會）

九十週年紀念合影（2010.1.9.於天籟吟社例會）

九十週年紀念合影（2010.1.9.於天籟吟社例會）

林述三與「天籟吟社」活動之初探

王釗芬
（北台灣技術學院通識教育中心講師）

編者說明：本文原載於《北台灣科技學院通識學報》第四期（二〇〇八年六月），經北台灣科技學院與作者王釗芬老師同意轉載。

摘要

早結於日治時期的「天籟吟社」，是北台灣重要詩社之一，足以作為探究台灣文學思潮流變的範例。本文主要采用《礪心齋詩集》、《天籟詩集》等文本，輔以《藻香文藝》第一期、第二期，及與現任社長張國裕的訪談資料，以詩證史，試圖加以建構詩社活動的歷史面貌。關於詩社的創立時間，本文依文協在大正10年的台灣議會設置請願活動、及大正11年的「私立學校規則」頒布時間來推論：「天籟吟社」當創於「大正9年」。再依從天籟吟社與櫟社、瀛社、星社等友社的互動關係，及參與日本當局舉辦的聯吟活動，來探討天籟吟社在「被殖民者」、「殖民者」之間的文化互動。戰後，林述三雖無法以漢語口談，但不論在課題、聯吟等活動，或報章雜誌、詩集中，皆可說明天籟社員與渡海來台詩人的過往密切。而「天籟吟社」現今也利用架設網站來推廣詩社活動，以符合時代潮流的變化。

至於林述三的文學風格，由詩歌中流露的淡泊名利、創作面貌多樣、且重民族氣節等特質，加上其為人寬厚溫和，深受學生感念，因此天籟社員對師門多有向心力。由天籟吟社的例子，可略窺日治時期漢文詩社的活動情形，也可了解當時漢文化深入群眾底層，漢學教師身教言教並行，對民族氣節的堅持，對學生人格教化的養成，有其時代意義。

關鍵字：天籟吟社、林述三、星社、礪心齋、藻香文藝

壹、前言

台人在日治時期能保存中國文化，詩社之功不可沒；當時約有三百七十個詩社進行活動[1]，究其原因，黃美娥以為：日人為穩定社會秩序，有時採取懷柔政策，籠絡當時社會意見領袖的知識分子，對台人詩社活動未有禁止，甚且刻意提倡；而台籍文人或抒發家國傷痛之情，或為保存漢文化、獎勵氣節，或為附庸風雅，也紛紛投入詩社活動[2]；雙方從不同的立場出發，彼此唱和，促進了台灣詩社的蓬勃發展。創於日治時期的「天籟吟社」，設在人文匯聚的大稻埕，是北台灣重要的詩社之一，足以作為探究台灣文學思潮流變的範例。其專題論述除了陳鶩癡〈天籟吟社與林述三〉外，尚有潘玉蘭《天籟吟社研究》碩論，二文重於詩社活動等史料的釐清重建，關於文本的解釋仍有說明的空間；本文主要采用《礪心齋詩集》、《天籟詩集》等文本，輔以《藻香文藝》第一期、第二期，及94年5月8日及19日與現任社長張國裕先生的訪談資料，以詩證史，試圖加以建構詩社活動的歷史面貌，並說明創社者林述三的個人特質與詩社的關係，使「天籟吟社」的研究更添完備。

以下為行文方便，出自《礪心齋詩集》之詩作，在詩題後註明為（礪）；出自《天籟詩集》者，註明為（天）；出自《藻香文藝》第一期、第二期者，簡寫為（藻一、藻二）；並在出處後加頁碼，如：（礪67）。

貳、「天籟吟社」的歷史考察

「天籟吟社」的創始人林述三（1887~1956[3]），名纘，號怪癡、怪星、唐山客、蓬瀛一逸夫，以字行；祖籍福建同安，幼學於廈門玉屏書院，13歲（約在明治34年即光緒27年1901）來台尋父，留讀於其父林修所設之「國文研究塾」，窮研經史；18歲（約1905）時能訓童蒙，26歲（約1913）繼承父志，改書塾名為「礪心齋書房」。與張純甫、駱香林等人合創「研社」，後改組為「星社」；而後又與門下高徒共組「天籟吟社」，被推為社長；著有《礪心齋詩集》等書。

一、創社時間之商榷

關於「天籟吟社」的創立時間，有三說：一說創於大正9年（1920）[5]，一說創於大正10年（1921）[6]，另一說創於大正11年（1922），詩社設於台北大稻埕中街「礪心齋書房」（今台北市迪化街一五四號）。據張社長表示：其得自林錫麟傳述：林述三在大稻埕開設「礪心齋書房」，當時台人文化政治活動漸趨活躍，詩社中有許多青年參與此類活動，林述三擔心日人對漢文教育採強制手段，且因日人鼓勵詩社活動，所以另設「天籟吟社」，以防書房被撤時，詩社仍可延續漢學；因此與學生秘約上課，到大正10年才對外公開，因此詩社是創於大正9年。

宣統三年（1911）4月梁啓超訪台，鼓勵台灣文人應該積極地投入政治、文化抗爭，這對當時舊文人產生了震撼性的影響；當時最具影響力的櫟社成員，不再消極地自視為「棄地遺民」，而以更強烈的入世色彩與批判精神來對抗殖民當局，台灣文壇因此注入一股活潑朝氣。第一次世界大戰後，民族自決主義瀰漫，由旅東京的台籍留學生促起民族覺醒活動，鼓吹撤廢「六三法」，後為爭取台胞的自治權，及保持台灣的特殊化以自外於日本帝國，而積極推行設置議會的請願活動。

大正10年（1921）1月30日台灣議會設置的請願活動正式展開，蔣渭水於同年10月17日在大稻埕成立「台灣文化協會」，發動文化啓蒙運動，以改革台灣文化；「文協」最積極的活動是舉辦通俗學術講演會，向民眾灌輸新知識，也嚴厲批評殖民者不公的時政。其通俗學術講座的內容包含衛生、家族制度、婦女解放運動、法律常識等項目，更有台灣通史、漢文精華、中國古代哲學史等歷史教學，很受群眾歡迎。大正11年（1922）12月16日發生「治警法違反事件」，蔣渭水等人遭逮捕入獄服刑，更激勵台灣群眾的民族意識；昭和2年（1927）文協成立「台灣民眾黨」，更積極推動台灣議會設置的請願活動及文化啓蒙運動，可惜黨內對於各種問題意見分歧漸深，終導致分裂[7]。

此時「天籟吟社」中有許多青年因地利之便，而參與此類活動；據張社長表示：有薛玉龍一人；〈礪心齋詩話〉中有言：「門人薛玉龍嘲為出韻」（藻一28）；陳鶯癡〈天籟吟社與林述三〉言：薛玉龍號灼明，著《人生之煩悶》、《死人之末路》二書，均為描寫日人之惡政，發行當時均被日人焚毀[8]。賴子清〈古今北臺詩社〉中，介紹「天籟吟社」言：「會員有薛玉龍等約60人」[9]，可知薛氏為天籟社員。而為台灣民眾黨中堅分子的張晴川，在《天籟詩集》中刊有〈次雲從社兄生日書懷〉（天84），可知張氏也參與「天籟吟社」的活動。就目前所知，積極參與「文協」活動的天籟社員，有此二人，以當時的情勢推論，應有更多社員參與此類活動。

書房是台胞所辦的私塾，修業無固定年限，以台語教授漢文，課程以讀寫漢文漢字為主，也重視倫理道德的陶冶；初級者以三字經、百家姓、幼學瓊林等淺顯的書文背誦及習字為主，高級者以經史文章、詩詞為主，也旁及珠算、記帳、灑掃應對等事，是台灣民間接受初等教育的場所。

日本初治台時，對台人的教育方針尚未確定，因此未立即禁止書房教育。隨著台日同化政策的推行，日本當局在明治31年（光緒24年1898）頒布「台灣公學校令」，公學校成為台人初等教育的新機關；同年11月頒布「關於書房義塾規程」，正式將書房納入管理，書房須兼讀漢文編成的大日本史略，加授日語、算術等課程。大正11年(1922)再加新令，公學校將漢文科改為選修；同時頒布「私立學校規則」，將書房併歸私立學校規則管理，以教授漢文的書房紛遭取締禁止，從此書房數量銳減。明治30年(光緒23年1897)書房數有1,127處，但到昭和14年(1939)全台僅存有17所，到昭和18年(1943)頒布廢止私塾令後，書房就完全停辦了[10]。而在書房漸被禁制之時，文人乃將維繫漢學的重任，轉向日本當局採寬容態度的詩社[11]。

日本當局對書房的管理，隨著文協的文化啓蒙、設置議會請願活動的推展，也採取更加嚴厲的統治措施，積極推動台日同化運動；在大正的台灣議會設置請願活動、及大正11年的「私立學校規則」頒布之前，社會中必瀰漫著某種特異氛圍；而自號「唐山客」的林述三，本就引日人注意，其應是在此情況下，另設「天籟吟社」，以防書房被撤時，仍可沿襲漢學；且與學生秘約，到大正10年才對外公開，因此詩社創於「大正9年」之說是合理的[12]。

二、日治時期詩社活動的文化意義

本節探討「天籟吟社」在日治時期的活動情形，分別從天籟與友社的唱和活動、及參與日本當局舉辦的聯吟活動，來探討天籟吟社在「被殖民者」、「殖民者」之間的文化互動。

（一）傳承文化—與友社唱和的活動概述

台灣陷日後，許多文人生活在「新政權」下，無不鬱鬱終日，於是結社吟詩以明志，以文會友，解胸中鬱結；且作詩須多讀中國經典，可藉此延續漢學。於是各地詩社相繼成立，當時以台北瀛社、台中櫟社、台南南社最為代表。這些詩文團體推出小集聯吟、命題徵詩等活動；而隨著日本殖民統治帶來的便利交通，也使得詩人間的往來互動更頻繁，逐漸有全島性的聯吟大會。

瀛社於大正10年（1921）舉辦首次全臺詩人聯吟大會，將台灣詩社發展帶入高峰；天籟吟社自大正12年（1923）參與「瀛社聯吟會」後，該會即發展為北部詩社輪值；而後又參與「同聲聯吟會」、「北州聯吟會」等詩會活動；黃美娥言：大正13年（1924），全島詩人於大稻埕江山樓聯吟，就正式宣佈成立全台聯吟會，昭和2年（1927）全島聯吟會明訂往後詩會由北、中、南五州輪流分辦，昭和12年（1937）後，可能因中日戰爭，全島聯吟活動似也暫停[13]。

天籟吟社參與每年的全島詩人大會，屢獲佳績，而且也舉辦兩次全島詩人大會：大正12年（1923）天籟吟社創立一周年紀念大會，柬邀全省吟友社，為該社首次舉行的全島詩人大會，有二百多位詩人參加，內田督憲非常嘉許，給天籟吟社特給金五十圓，以資獎勵。一次是昭和10年（1935），為配合慶祝台灣始政四十年舉行「台灣博覽會」，而舉辦的全島詩人聯吟會，獲得博覽會當局寄附金七百圓，邀全島一百四十餘社吟友出席，有五百多位來賓參與盛會，詞宗皆非台北州的詩人，因此評選時更加多元；至於曾被詬病的藝妓助興一事，也以戲劇的表演代之，此其特別之處[14]。以下介紹林述三參與詩社活動的情形。

據《櫟社沿革志略》，大正11年（1922）10月8日下午四時在霧峰萊園新鐫成的櫟社題名碑前舉行「櫟社二十年題名碑落成典禮」，當天出席的來賓，有：「臺北瀛社魏潤菴、張純甫、顏雲年、林述三」等共35人[15]，林氏參與櫟社詩會的活動，於此可窺。

林述三〈林獻堂令祖母羅太夫人米壽〉（礪23）、〈輓蔡子昭〉（礪52）〈輓莊太岳〉（礪52）、〈輓張玉書〉（礪53）、〈輓林幼春〉（礪53）、〈輓林仲衡（礪54）、等作，皆與櫟社社員有關，茲說明如下。

林痴仙、林幼春、林仲衡合稱「霧峰三詩人」，林痴仙，日本治台之初曾漂泊中國多年，返台後約於明治34年（光緒27 1901）與其姪幼春、賴紹堯等倡設櫟社，為遺民型詩人。林幼春，積極投入抗日運動，曾因「臺灣議會設置請願運動」而被捕入獄，詩風慷慨壯烈，日治時與胡南溟連雅堂並稱臺灣三大詩人。林仲衡，弱冠時就以詩文名揚海內，詩文中滿溢著家國之情，明治39年（光緒32年 1906）加入櫟社。林獻堂是林幼春的堂叔，但小幼春一歲，是台灣近代民族運動的要角。莊太岳，名嵩，字太岳，號松陵，鹿港人，九歲能詩，人稱神童，自幼即具強烈民族意識；林獻堂甚讚其氣節，聘以授漢學，為櫟社詩人，後與施家本、陳懷澄等共創鹿港「大冶吟社」。蔡子昭，字天弧，鹿港人，曾師事民族詩人王松，後入臺中櫟社。張玉書，字笏山，櫟社詩人。

櫟社原以中部詩人為主，但幾次全島詩人聯吟，來自大稻埕的林述三與他們有了接觸，櫟社向以重氣節著稱，此點是述三所推崇的，當櫟社老社員漸漸凋零時，述三有頗多輓作，表達嘆惜之情。

瀛社在明治42年（宣統元年 1909）創設於台北，由於主要社員如林湘沅、黃茂清、李逸濤、謝汝銓、魏清德等多任職於《臺灣日日新報》，善於利用傳播媒體刊登訊息，提升了該社知名度，所以在短期間內快速竄起，成為北台第一大詩社。瀛社初期未設社長，大正7年（1918）年洪以南始任社長，昭和2年（1927）謝汝銓繼任第二任社長，直到中日戰爭結束。大正元年（1912）社員顏雲年的環鏡樓落成，眾詩社多位詩人與會聯吟，為全台詩人大會濫觴。後於大正10年（1921）舉辦首次全臺詩人聯吟大會，將台灣詩社發展帶入高峰；進入中日戰爭後，南社社運漸衰，但瀛社活動不歇，最後成為全台詩社龍頭[16]；更重要的是，瀛社至今仍存，相較櫟社、南社的消逝，更顯現其生命力。

林述三〈送謝雪漁之南京〉（礪28），即是因第二任瀛社社長謝雪漁南京行而作；謝汝詮，字雪漁，前清秀才，後就讀「國語學校」學習日文，畢業後則任「總督府學務科編修員」，後擔任《臺灣日日新》報的漢文部主編，光復後任台灣省文獻會顧問，民國42年（1953）卒。而述三〈送黃可軒之閩廈〉（礪48）、〈次尊五七十書懷韻〉（礪56）等，也是與瀛社社友的和作。

林述三〈題陋園〉（礪6）：

……主人愛名流　詩會開妙境　涉趣我同來　適情獨欣幸……

據《愛書》第十四輯：顏雲年，基隆礦王，字吟龍，陋園為其別墅，其與詩友曾於此唱和[17]。述三〈輓顏吟龍〉（礪9）：

扶輪大雅折良材　不盡同情瀛社哀　詩會窃憐君死後　可能重到陋園來

詩星此日隕基津　幾度思量幾愴神　料必替君繼風雅　佳兒難弟有其人

顏氏死於大正12年（1923），久保田章於大正13年4月為其刊行《陋園吟集》；述三於詩友逝後來到陋園，愴然神傷之餘，也期許吟龍有後人繼其風雅志業。又〈陋園訪菊〉（礪7）：

卻隨三逕覓秋痕　勝地重來日未昏　不盡主人今昔感　黃花問汝也銷魂

重遊陋園，黃花景物依舊，但詩友已杳，不禁有今昔之感。由以上數詩可見林述三與瀛社顏雲年的唱遊情形。

林氏〈江山樓雅集次林小眉見贈韻〉（礪50）：

千古精神文字誼　異鄉團聚水雲鄰　笑言猶作燈前夢　滄海天藏一粟身

據《愛書》第十四輯：林景仁，字少眉（或作小眉），板橋林家後代，是林家子弟中最出色的學究人物，昭和7年（1931）擔任滿洲國外交部要職，昭和15年（1940）逝。小眉曾於大正9年（1920）由大陸返台，與詩友唱作，並因此於大正13年（1924）刊行《東寧草》詩集，被譽為本島詩人中第一人[18]。據陳世慶《星社》：昭和14年（1939）林小眉歸自大陸，在江山樓招待星社同人[19]，此詩當作於當時，可見林述三與板橋林家的接觸；「異鄉團聚水雲鄰」，是因述三與小眉均來自大陸而言。

如前文，可知述三與北台最大詩社——瀛社社友謝雪漁、黃可軒、謝尊五、顏雲年、林小眉等均有往來。

林述三作有〈次王芷香江山樓賦呈諸詞客韻〉（礪10），據吳毓琪《台灣南社研究》，王芷香為南社社員，大正7年（1918）南社少壯詩人洪坤益、吳子宏、王芷香、趙雅福、高懷清、白劍瀾等創設「春鶯詩社」。大正11年（1922）2月11日「中嘉南聯合吟會」開於台中公會堂，當時南社參加者有：趙鍾麒、黃欣、陳圖南、陳逢源、洪坤益、王芷香、吳萱草等。大正12年（1923）4月3日南社外圍詩社——桐侶吟社創立，公推吳子宏為社長，以王芷香、洪坤益、白壁甫及趙雅福為顧問[20]；可知王芷香是頗為活躍的南社社員。林氏此作：

……樽酒快同留楚客　風情笑共入胡家……

「留楚客」指出外旅客，且詩題點出地點為江山樓，可知是為迎王氏北上的和作，至於作於何時，則有待進一步的研究。

林述三後於大正3年（1914），與張純甫、歐劍窗、駱香林、李騰嶽等人創立「研社」，社址設於林述三的礪心齋書房，社員均以「癡」字為別號。大正6年（1917）改組「星社」，社員別號均以「星」代，如林述三（怪星）、黃水沛（春星）、李騰嶽（夢星）、杜仰山（劍星）、歐劍窗（慧星）、林湘沅（壽星）、張純甫（客星）、駱香林（星星）、高肇藩（壁星）、吳夢周（寒星）、蔡癡雲（流星）、薛玉龍（奎星）等，社員多為北部騷壇中堅人物[21]。後林述三和門人弟子創辦「天籟吟社」，與星社仍有密切往來活動。

大正13年（1924），星社同仁創《臺灣詩報》月刊，詩文並載，兼刊各地詩社吟稿，主要執筆人有：黃水沛、林述三、張純甫、駱香林[22]。林述三〈筑客令愛稻子出閣贈言〉（礪34）、〈燈節前一日星社偶集送純甫〉（礪48）、〈秋日同純甫春潮夢周痴雲覺齋遊劍潭〉（礪49）、〈哭純甫〉（礪54），顯現其與張純甫的交遊情形。張純甫，名津梁，以字行，號筑客，光緒14年（1888）年出生，20歲舉家遷往台北，雖就職稻江乾元藥行，仍寄情詩文，為顏雲年聘為西席，後課徒授業，名其樓為「守墨樓」；與林述三等人組織「研社」、「星社」，純甫自署客星、寄星或漁星；昭和5年（1930）至松山指導松社，振興當地詩風，昭和9年（1934）重回新竹創立柏社，宏揚詩教，昭和16年（1941）逝；作品今編為《張純甫全集》[23]。從述三與純甫的生平，可知兩人共創「研社」、「星社」、共為《台灣詩報》主筆，述三從張氏嫁女到張氏過世，均有詩作，可見兩人交誼。

述三〈和天弧呈星社及天籟吟社諸公韻〉（礪5）：

……一宵唱和聯三社　兩地交游仰四明……

就前文可知：蔡子昭，字天弧，鹿港人，後入台中櫟社。可知此詩是林述三參加星社、天籟吟社與中部詩社聯吟的作品。

〈賀癡雲再獲祥麟〉（礪9）、〈口號步寄劍窓〉（礪11）、〈見星社諸子在翁庵處唱和作〉（礪16）、〈次韻似仰山〉（礪16）、〈壽劍窓社弟五十〉（礪43）、〈夏日星社同人飲于北投新薈芳〉（礪44）、〈星社春宴〉（礪47）、〈和其美無題四首〉（礪47）、〈星社詩茶會得都字〉（礪48）、〈巧日星社同人集高義閣〉（礪49）、〈次癡雲生日自遣韻〉（礪49）、〈星社丁丑初集〉（礪50）、〈秋日星社同人遊淡水拈肴韻〉（礪60）等，都是述三與星社諸子唱和之作。

林述三除了編輯《台灣詩報》外，也是《詩報》的顧問，因此也與其他詩社往來，如〈輓鄭永南黃啓茂〉（礪22），鄭永南，字墨癡，新竹人，桃社社員。〈輓鄭養齋〉（礪53），鄭養齋，開台進士鄭用錫之後人，隸竹社。〈高山吟社二週年紀念大會並似倪炳煌〉（礪15），「高山吟社」為顏笏山等人於大正11年（1922）設立。〈壽陳庭植六十〉（礪20），陳庭植於大正12年（1923）成立「聚奎吟社」。由此可知，林述三與台灣詩社多有往來，是很活躍的詩人。

據陳鶯癡〈天籟吟社與林述三〉言：「天籟吟社」的社員後又繼起設立詩社，陳鐓厚、鄭華林等於昭和2年（1927）成立「天籟吟社劍潭分社」，黃得時於昭和3年（1928）在樹林邀集天籟吟社同人10多人另立「樹村吟社」，賴獻瑞於昭和11年（1936）聚其門人施學樵等12人另立「松鶴吟社」，這些新詩社仍與「天籟吟社」定期舉行聯吟活動[25]。

陳鶯癡又言：昭和6年（1931）11月，天籟吟社社友創立「藻香文藝社」，發行《藻香文藝》雜誌，由林述三主稿，吳紉秋擔任編輯發行人，半月發行一次；惟僅發行四期即行停刊，所輯除二三雜文外，悉刊各地擊鉢吟稿[26]；甚至有遠從日本的來稿，如：京都任一鷗〈網溪畫菊和嘯霞先生代柬韻〉（藻一6）。而《天籟詩集》中也刊有友社社員的作品，如：李騰嶽（星社六首）、高肇藩（星社二首）、林夢梅（旗津吟社一首）等，在在顯現「天籟吟社」的包容與活躍。

日治時，台籍文人或抒發家國傷痛之情，或為保存漢文化、獎勵氣節，或為附庸風雅，各地詩社相繼成立，詩社間相互聯吟、命題徵詩，甚至有全島性的聯吟大會。林述三參與瀛社、櫟社、南社、星社、高山吟社、聚奎吟社等詩社活動，並創立天籟吟社，其門人弟子又設立劍潭吟社、樹村吟社、松鶴吟社等詩社，各社之間相互唱和；可見當時文人有同時參加幾個詩社的情形，且彼此不互相排擠，可知詩社社員是流動的，並非一成不變的。而林述三的活躍，對台灣詩社貢獻頗多，因此李騰嶽說：「本市（台北市）詩社的發達，貢獻最大的有趙一山、林述三、張純甫、顏笏山四人。本市能詩的人，可謂大部分是由這四人所培養的，而所有詩社大部分也是由其培養的弟子創設的[27]」。

（二）對日本殖民文化政策的態度

日本當局統治台灣時，怕激起台胞的反抗，在國語學校設有漢文科，希望藉由漢文此一台、日共通的語文工具，以推展其同化政策。如：第四任總督兒玉源太郎雖為武官，但能吟能寫，雅好此道。明治32年（光緒25年 1899）他位於今台北古亭區的別墅「南菜園」落成時，便特意邀請全島詩人蒞臨吟詠，而後編成《南菜園唱和集》[28]。

首位文官總督—第八任總督田健次郎於大正10年（1921）10月4日召開全島漢詩人聯吟大會，在東門官邸招待全島詩人八十餘名，因此編成《大雅唱和集》，田健作[29]：

我愛南瀛景物妍　竹風蘭雨入詩篇　堪欣座上皆君子　大雅之音更蔚然

林述三〈田讓山邀宴全臺詩人席上次韻〉（礪6）：

光風霽月自鮮妍　況復鴻文擅百篇　此日東門似東閣　布衣長揖共歡然

由林氏詩的步韻，可知林氏參與此次聚會；並藉此表達自己不羨功名、光風霽月的民族節操。

第九任總督內田嘉吉於大正13年（1924）正月，敕題〈新年言志〉，得全島漢詩人唱和，因此編成《新年言志》，原唱[30]：

東閣官梅旭影新　未成何事又迎春　微臣畢竟無他願　惟為天朝深愛民

東閣官梅又迎春，象徵台灣被割讓給日本又過了一年，其自稱日本為「天朝」，異族統治者擺出高高在上的傲慢態度。林氏〈次內田竹窓新年言志韻〉（礪7）：

國曆初頒歲又新　履端肇甲占先春　梅花數點天心見　臣是孤山一逸民

由林氏詩的步韻，可知林氏參與此次唱和；並藉林和靖的典故表達自己不事異朝、堅貞的志節。

昭和元年（即大正15年 1926）冬，第十一任總督上山滿之進聘請日本詩界名家國分青厓、勝島仙坡二人來台，是年11月於東門町官邸邀請全島名流，召開歡迎會作文化交流，席上唱和，因此編成《東閣倡和集》，原唱[31]：

有客南游駕大鵬　三臺秋氣正清澄　趁群風格陶元亮　憂國文章杜少陵
杖履連旬探勝槩　壺觴一日會吟朋　最欣賢俊如星聚　酬唱同挑五夜燈

上山詩中將國分青厓、勝島仙坡二人喻為淵明、杜甫，表達對客人的佩服及歡迎。

林氏〈蕉庵督憲邀宴席上次韻並似國分青厓〉（礪18）：

圖南萬里運鵾鵬　老氣橫秋玉宇澄　兩契人爭誇管鮑　九如我喜拜岡陵
即今濟濟稱多士　何異殷殷錫百朋　景仰中天卿月滿　願分光與讀書燈

由林氏詩的步韻，可知林氏參與此次唱和；中以管鮑之交比擬上山總督與國分青厓等人的交誼，但林氏表明僅來祝壽，並表達其嗜愛讀書、不在意功名的個性。述三〈又席上分韻得刪〉：

華國文章俗筆刪　別開東閣慰尊顏　精神健越同龍馬　今日樽前見泰山

其內容僅是一般唱和應酬之語，表達歡迎客人來訪之意，未有諂媚之言。面對統治者帶來的近代文明，及日益鞏固的權勢，有漢族意識的詩人，只能虛以委蛇、以消極不配合的詩作來表達抗議精神，這是亂世的保身之道。

自蘆溝橋事變後，台灣總督府在台灣積極推動「皇民化運動」，除了大力禁止書房教授漢文外，並取消台灣報紙的漢文欄，但詩社活動仍延續著；自昭和10年（1935）開始發行的《風月》[32]，以漢文發行，初期以刊載抒情文學及多樣雜文為主，少涉及政治性的議題，後亦曾為「皇民化運動」作宣傳，所以能在風聲鶴唳的環境中持續發行。林述三曾任《風月》編輯，在〈風月俱樂部〉任副主筆兼會計部長；而後社員吳漫沙、林錫牙擔任《風月報》編輯，林述三也曾任《南方詩集》編輯顧問，在在說明《風月報》與天籟吟社的密切關係。該雜誌可見瀛社、鷺洲吟社、天籟、文社、仰山等詩社課題聯詠擊缽的運作情形，也有如林幼春、賴和等社會運動者的詩作出現，可見古典詩在此時局中，仍存有創作發展的空間；此外，該雜誌也提供詩話、遊記、及章回小說等舊文體的發表園地。可知，《風月》在戰爭期的出刊活動，值得細細推敲與斟酌。

日本在殖民台灣的過程中，以日語文教授現代化的科技知識，來突顯殖民帝國的優異，以襯托漢語文所代表的次等落後；但日人為穩定當時的社會秩序，有時採取懷柔政策，籠絡知識份子，刻意提倡詩社活動，黃美娥以為：「對日人而言，徵詩的結果在無形中卻成了日政府試探台人對新政權接受度的風向球[33]」。而台籍文人教授漢語文，藉由語言文字而達到漢文化漢民族的認同意識，進而延續漢文化的傳承。在殖民者與被殖民者的語言教育角力中，漢詩既是殖民當局同化政策的工具，也是被殖民者保存原文化的工具，漢語文雖然扮演著相當微妙的角色，但在殖民政策的轉變與矛盾之中，台人因此得以擁有延續自己文化命脈的一條道路。甚至在戰爭時期，詩社徵詩活動仍延續著，可見古典詩仍存有其創作發展的空間。

林述三與日人的唱和詩作，多表現其不慕榮利、淡泊功名的心志，也暗諷譏評殖民當局的高傲態度。這一方面與他的個性有關，另一方面也因處於被殖民的地位，為生計著想，只能以含蓄迂迴的筆法表達其不卑不亢的民族精神，與殖民者抗衡來保存漢民族的文化。

三、戰後的文化認同與教育傳播

（一）與渡海來台詩人的互動

當戰後國府來台，這些堅持漢文教育者，一來在日治時代就心向中國，二來當時台灣懂中文者不多，於是這批受漢文私塾教育者，成為主要的國文教師，個個躋身教育界，而林述三仍在私塾教授漢文，並仍以閩南語吟誦詩歌著稱；但這並不影響他和渡海來台詩人的唱和。

大戰終了，台灣詩社雖有創作，但在「二二八事件」時都作罷；據張社長表示：詩社同人在事件發生時，為了避禍，多將詩稿焚燬。但隨著政府播遷來台後，詩風又起。民國37年（1948）紐先銘將軍招待全台各地名詩人，為戰後第一次盛會，述三〈紐先銘將軍見招端陽題句〉即是說明當時聯吟盛會的情形。

台北士林官邸蘭亭為蘭花園藝研習所，民國39年（1950）是歲庚寅上巳，薇閣詩社邀集全國詩人一百零五位修褉於此，立石留念，名「新蘭亭」，以黃純青、賈景德、于右任三人為首，共一百零五位詩人在此聯吟，得詩一五二首[34]。林述三、林錫麟父子皆出席此次盛會並有詩作，林述三〈庚寅上巳新蘭亭修褉〉（礪67）言：

……三老作主人　儀表溫而厲　辭章擲地才　謀略東山叡
紀勝千古存　民國庚寅歲

說明聚會時間及有三位主人，並贊美主人文才擲地有聲，謀略如同謝安。

林錫麟〈庚寅上巳新蘭亭修褉〉（天5）言：

……座中有幸參元老　筆下無文愧後生……蘭亭新舊何須問　勝會空前起海瀛

說明此次聚會，黨國元老及後生晚輩齊集台灣的情形。

民國40年（1951）端午詩人節，于右任、賈景德、黃純青三人發起柬邀全台各縣市詩人，於台北中山堂舉行全國詩人大會，天籟吟社多位社員參與此會。而後天籟吟社也主辦過五次全國詩人大會，活躍情形依舊。林述三〈九日于院長柬邀會柑桔園登陽明山〉（礪67）、〈九日上于院長〉（礪68）、〈次曾今可五十書懷索和韻〉[35]，林錫麟〈謹和曾今可先生辛卯仲春五十榮壽原玉〉，由以上詩題可看出，林氏父子與渡海來台文士的聯吟活動。而林述三《礪心齋詩集》扉頁有曾今可、于右任的題字，《天籟詩集》扉頁有賈景德的題字，在在說明林氏父子與渡海來台文士的交遊情形。林述三雖無法以漢語口談[36]，但與渡海來台文士的聯吟活動未曾稍歇。

創於民國40年（1951）11月的《臺灣詩壇》月刊，初為曾今可發行，黃景南經理。其後改組，以于右任為名譽社長，社長賈景德，副社長林熊祥、王開運、陳逢源，總經理編輯人黃景南，林述三擔任顧問，地址設在北市迪化街一段二四二號，台籍詩人如杜仰山、謝尊五、高文淵、吳夢周、林熊祥、陳逢源、黃水沛、魏清德、駱子珊等多有投稿；黃景南，三峽人，字雲谷，號潛廬，為林述三弟子，林氏有多首與其唱和之作；可見《臺灣詩壇》為詩人們提供相互觀摩切磋的園地。民國42年（1953），臺省籍詩人創《詩文之友》，林述三擔任顧問，續刊詩社課題擊缽詩，重振臺灣詩風。

而《臺灣新生報》〈新生詩苑〉由曾文新任主編，刊載古典詩歌；在報刊的副刊中，台、陸詩人交流熱絡。而曾文新的作品，《天籟詩集》中收有20首。民國38年（1947）後，也有一些外省籍詩人加入天籟詩社的課題聯吟活動，《天籟詩集》中收入外省籍詩人的作品，如：王肇邦、吳劍鋒、傅紫真、曾文新、黃錠明、黃義君、羅尚等[37]。

由上可知，林述三雖無法以漢語口談，但與渡海來台文士的聯吟活動未曾稍歇；不論在課題、聯吟等活動，或報章雜誌、詩集中，皆可說明天籟社員與渡海來台詩人的過往密切。

（二）教育傳播形式的日新

林述三過世（1956）後，長子林錫麟繼任社長，也繼承主持「礪心齋書房」（光復後改名為礪心齋學院），門下高徒多為現今詩壇盛名之人。第三任社長林錫牙（約1973接任），述三之子，錫麟之弟；曾任創立於民國65年5月的「中華民國傳統詩學會」的第二、三任理事長，並曾於民國71年6月組團參加菲律賓端午節詩人大會，著有《讀父書樓詩集》，自謂所學得自父親也。第四任社長高墀元（約1995接任），為述三之高足。第五任（現任）社長張國裕（約1998接任），林錫麟的高足，曾連任「中華民國傳統詩學會」第六、七任理事長，現為中華民國傳統詩學會榮譽理事長。

據張社長表示：因對古典詩歌創作有興趣，入社學詩後，個人創作得到林述三、黃春潮等長輩的看重，其〈柳絮〉一詩：

訝雪垂枝颺嫩風　柔情眷戀館娃宮　纏綿別有銷魂樹　無著浮心一夢中

於民國38年2月1日獲礪心齋學院「特上獎」，當時左元詞宗為何夢酣，右元詞宗為林錫牙，受此鼓舞後，更加努力於詩學。接任社長後，熱心推展詩社活動，其對「先生祖」林述三、老師林錫麟極為推崇，以延續師門為使命；閒暇之時，仍持續教授古典詩，並堅持以台語天籟調吟唱古詩，以其最合於詩韻也；目前天籟的課題，約有四十名學生參加，年紀不等，包含外省籍的退休人士，可見天籟的雅集，至今仍頗具規模。

「天籟吟社」不但延續全島徵詩聯吟活動，也擴及海外徵詩聯吟活動，並參加「中華詩壇」的網路徵詩活動，也有該社專屬的網站[38]；而且在網路上刊載其活動廣告，如：「天籟吟社甲申年秋季例會時間：93年9月26日（星期日）上午10時地點：新耕讀園書香茶坊師大店地下室 台北市師大路六十八巷十二號（23698667）課題：新秋，七言絕句，一東韻」，使詩社活動邁向科技化、資訊化。並且支援台灣歌仔學會漢詩社（長安詩社）的讀詩班[39]，孔廟的河洛漢詩班等，努力延續傳統詩學。

陳鶯癡〈天籟吟社與林述三〉言「天籟吟社」的教學活動：每星期六在礪心齋舉行擊鉢吟會，由社員分期值東，分贈獎品。每月擬定課題二次，向社內外徵詩[40]。除了課題擊鉢、師生和作外，詩社也教授吟詩，並以此著稱。

而張國裕《大雅天籟》序言：吾社溯自「礪心齋」設帳時期，即因師門嫻熟聲樂韻曲之學，故授課內容以誦讀、吟唱、創作並重，而所吟詩詞獨創一格，平仄分明，抑揚叶律，久蒙斯界推許。尤其日治時期詩社林立、詩人輩出，其中能吟出大漢詩聲而使日人嘆服者，唯吾社創辦人林述三先生一人而已，是故承蒙全臺吟壇先進以「天籟調」名之。

可知「天籟」之名乃因林述三善於吟唱詩歌，且有傑出表現，被譽為有如天籟，稱其特有的吟調為「天籟調」；目前詩社仍進行吟詩教學活動，因特重吟唱，社員莫月娥出版《大雅天籟－莫月娥古典詩吟唱專輯》[41]，這是天籟首次發行「天籟調」的吟唱專輯，希望藉此推廣詩學教育；而復興高中洪澤南也邀請天籟社員施勝隆、莫月娥為其錄製有聲教材《大家來吟詩－傳統八音再現》[42]，再次肯定天籟之音。

「天籟吟社」現今的活動方式，除了延續傳統的課題、聯吟等活動外，也利用文明科技－架設網站來推廣詩社活動，使現在詩社活動趨向資訊化，以符合時代潮流的變化。

參、林述三的「詩．人」特質

「天籟吟社」現今仍進行傳統詩學活動，而且會員頗具向心力，此必與林述三的個人領袖特質有關，雖然述三存集者多屬詩友唱和應酬，或擊鉢示範之作，但文如其人，因此本節擬從其創作中，配合其傳略，分析其個人特質及詩作特色。

一、詩歌風格

台灣陷日後，來自大陸的述三感慨尤深，詩中常有砥礪節操之作，而且其淡泊名利，不受異族籠絡，更突顯氣節；除前文所提在日本總督前之作外，另有詩作如後。

〈謁延平郡王祠〉（礪1）：

……身後有名思國姓　生前無忝擅雄才　南行令我唐山客　來見中流砥柱來

其詩稱讚鄭成功生前雄才大略，為南明中流砥柱，述三自號「唐山客」，雖是來自大陸，但對鄭氏仍衷心感佩。

〈謁五妃廟〉（礪11）：

明塚千秋感不窮　瓣香來拜女英雄　劇憐白骨埋黃土　恨殺騷人弔故宮
烈氣餘芳留此廟　貞魂結魄貫長虹　撫今追昔興亡事　搔首躊躕問上穹

〈弔五妃〉（礪20）：

宛轉投環殉國身　千秋勁節比松筠　入棺笑得君王抱　別席歡為姊妹陳
宿草茂時青塚在　空山靜處白雲鄰　滄桑不盡興亡恨　香火長留墮淚民

這兩首詩都對明末五妃殉寧靖王的節烈壯行，表達感佩之意；以為五妃的貞魂可貫長虹，氣節有如青塚長存、有如白雲高潔，因此述三由衷的感懷五妃的英勇忠貞。

〈登樓〉（礪12）：

故里遙遙思弗堪　且將游目望天南　也知人在最高處　未許元龍擅美談
故國江山虎視眈　置身百尺愧奇男　臨風忽憶思歸賦　王粲情懷共弗堪

用三國陳元龍百尺樓典故，表達不慕榮利之心，述三為人恬淡，自少寒窗苦讀，以為「有子書香在，無官死更榮」；但思鄉情懷古今皆同，用王粲登樓典故，表達懷鄉之情；念故鄉者，思故國也，暗喻其不事異族的節操。

〈李茂春〉（礪13）：

家國淪亡一舊民　海天片壤寄吟身　園荒蝴蝶成孤客　魂弔啼鵑共愴神
有粟絕勝稱義士　無芝不愧隱商人　先生倘作謝枋得　尋得桃源好避秦

南明遺民李茂春，為氣節之士，不願受異族統治，隨鄭經來台，築夢蝶園自娛[43]，述三此詩吟詠其人，並用首陽山不食周粟的典故，來稱許李茂春的節行；但述三終不是剛烈之人，不能效法謝枋得以激烈手段反抗異族，所以選擇如淵明避居桃花源，隱居田園，耕讀自適。

〈詠史〉四首（礪16）：

起死回生感鄭莊　黃泉隧裡有泉黃　邀時得計稱純孝　愛段深能悔武姜
隱身那更死綿岡　千古君臣大義亡　憶到將軍樹下立　乃知馮異是堂堂
酒狂未似楚佯狂　底事臨崎哭道傍　世上何分青白眼　不如盲去得安常
小園一賦好文章　哀到江南更擅場　我欲鷦鷯求半畝　可勝六代感滄桑

首用鄭莊公黃泉見母的典故，嘉許潁考叔大孝感人的義行，可知述三個性純孝，所以《台北市志》言其：「敦行篤孝[44]」。而後表達對介子推死守綿山，致使晉文公失君臣大義的行為，不與認同，轉而推崇光武帝時從不居功自傲的馮異。迺三雖處在改朝換代的時代裡，但對於楊朱臨歧而哭，阮籍作青白眼以表好惡的這些行為，他都覺得是過於強烈的表現；他認為如鳴聲優美的鷦鷯，棲於山間溪水旁，這樣的生活比起庾信被迫離鄉，雖居高官仍因思鄉而悲，來得安然自適。由迺三對歷史人物的品評，均可見其對激烈的反抗行為頗有微詞，而選擇隱居、以消極的方式對抗殖民當局，才符合其恬淡溫和的個性。

〈宋梅〉（礪17）：

含章回首古莊　夢入孤山思更深　一樹寒香祠畔老　愴人與廢趙家心

迺三在〈次內田竹窓新年言志韵〉中用林和靖之典，此處亦同；寧願像林和靖選擇隱居、過著梅妻鶴子的恬淡生活，也不願為求官而事異族，委屈自己的心志。而〈和雲谷感賦韻〉（礪27）：

……紛紛雪落梅花路　得有騎驢孟浩然

再次讚許梅花的高潔，並表達效法孟浩然歸隱之心；在在表達其不貪富貴、堅貞自守的節操。

澎湖陳春林〈祝藻香文藝社創刊〉（藻一1）文末記年「孔子降生二五零九年于義竹旅次」，不記日本年號，而以孔子年歲代之，表達其不事異族之意，而《藻香文藝》刊載，也表示其不事異族之心。《礪心齋詩集》卷頭前序：「述三恬靜寡言，性懦而溫，量寬而緩，視天下無惡人。其與人交，醇醇如女子，故有『女子纘』之稱，聞之不怒，亦不辯。人欺之，若不覺，笑之，若不聞」，可知述三的個性。據張社長表示：述三在日治時期上課時，無固定的教科書，採隨機上課，口授心傳，因此日人無法抓其把柄，而延續了漢文化的傳承；可知述三溫和但重氣節的人格特質。

但述三對大陸祖國是充滿深情的，其作於民國34年的〈同學會席上感作〉（礪64）：

礪心齋裡有明神　深喜詩書不辱秦　天籟自鳴依舊盛　帝心簡在劫餘人……
坑顏氈上戴儒冠　管見陳人任笑酸　裙屐釵環自吾道　敢教今刮目相看……
殘篇短簡自斯文　祖國英華略見聞　孔道早知天不喪……
奉持先業旅情孤　而今不是唐山客　窃號蓬瀛一逸夫

說明自己由大陸來台，繼承父業，雖在異族統治下，仍抗顏傳述孔孟聖學，安貧樂道，不畏他人嘲笑；欣喜台灣回歸祖國，從今不再是被異族殖民的「唐山客」，而是有閒情逸志的「蓬瀛逸夫」，由其字號的更改，可見他回歸祖國的欣喜之情。

林述三發揚中華文化，鼓勵民族精神，一生清貧唯學是務，國民政府感其堅貞壯節，在民國41年（1952）由台灣省主席吳國楨頒發「風勵儒林」匾額來獎勵他[45]。林述三因個人愛好詩學及被殖民的時代局勢，有與日本統治階級聯吟之作，但生性淡泊且重民族氣節，因此未有求官之醜態。據張社長表示：述三教學時，態度溫和從不疾言厲色，但認真嚴格，學生受其身教，自然認真學習。學生受述三人格的感化，因此多對師門有向心力。

二、創作面貌多樣

《礪心齋詩集》卷頭前序言林述三：「學養深邃，精易經，喜佛學，好禪坐。平生致力詩教，不遺餘力」。述三好佛，其〈和飛雲上人〉（礪19）：

家居撥不盡塵煩　轉校當時有佛根　翰墨愛交雲外侶　利名眞泥雪中痕…
香火因緣如可證　靈山他日叩禪門

〈送飛雲上人〉（礪19）：

袖筆同來賦別詩　詩僧明日報歸期　別情不盡蓬瀛水　相送靈槎出海涯

由此可見其視名利如泥土，與方外的交遊情形。其〈嗅梅詩〉（礪44）：

……觸法欲參禪意味 天心應許問聞哉

由梅花的清香，聯想到參禪的澄靜，可知其喜佛學、好禪坐的心境。

據龍瑛宗〈崎嶇的文學路—抗戰文壇的回顧〉中「《新風》和《新新》」一節：光復時，最初出現於本省文壇的是《新風》雜誌，34年11月創刊號，有林述三以古文敘述的社序[46]；說明了林氏可為古文。目前可掌握的林氏古文資料是：林述三曾以「苓草」為筆名，作古文〈往謁聖廟歸來有作〉（藻二1），記昭和6年（1931）8月20日台北孔廟行奠座式一事。陳世慶〈星社〉言：林述三曾為《臺灣詩報》撰小說，如〈鴨母王別傳〉、〈五百元手指〉，均據事實故事化[47]。而其詞作，目前可見〈江南春〉（踏青）[48]。也曾在《風月》上，以「苓草」為名，撰寫通俗小說〈花俠〉，連載數期[49]。可知述三除了長於詩學外，也嘗試古文、小說等不同體裁的創作。

據〈礪心齋詩集序〉言：林述三自少潛心研讀經史子集，博覽群書，於詩學一道，尤為深湛……為順應時勢之潮流，一意提倡詩學，蓋詩以言志，能詩則能文，於是學詩之風盛起，蔚為大觀。林述三以為擊鉢催詩，抒懷詠物，可藉此繫一線斯文於不墜，因此在詩學上用功最勤。但述三一生謙遜持己，以為其詩為雕蟲小技，不足以炫人，所以散佚不留隻字。後其門生弟子廣為蒐集，得四百多首，私下編輯付梓，題為《礪心齋詩集》；即為本文論述之重要資料。《礪心齋詩集》卷頭前序言述三：「詩品清正，格律嚴謹」，其詩作一如其為人，品格端正清廉，所以能感化弟子，傳承民族文化。

述三的詩作主張，可見於〈評詩〉（礪22）：

一樣詞華入眼中　笑將月旦馬牛風　年來肯為艱深誤　獨愛元和古淡工

可見其偏向元白淺顯自然的詩作主張。具名「苓草」的〈礪心齋詩話〉（藻一28）記：嘯厂應天籟徵詩，有「獨雁啼霜落洞庭」句甚佳，門人薛玉龍嘲為出韻，予曰：詩之佳者，似每自忘卻下筆時得韻，亦偏從出韻時有好句，故知限韻之作為最夭閼性靈也。述三說明作詩不應礙於音韻，詩以抒發性靈為要。《臺北市志》言：「纘工詩，所作不眩辭藻，不尚浮華，樸實而無琢，遒勁而渾凝，有古歌謠風格[50]」。觀前文所引之詩文，確無過於雕琢浮華之辭，而其不慕榮利、重氣節，詩如其人，形成遒勁樸實之風。

由上可知，林述三於佛學、古文、小說、詩學等皆有涉略，可謂多才多藝，而成就最大者在於詩作及詩社活動。

三、恢宏胸襟

林述三栽培桃李不遺餘力，只要有意於詩學者，各色人物皆不拒，且礪心齋門下高徒多為日後極富盛名的詩人，所以當時有「稻江詩界通天教主」之雅譽。礪心齋設有「礪心齋同學會」，為因應時代趨勢，也設有「礪心齋女子同學會」。其〈癸未一月三日礪心齋女子同學會席上作〉五首（礪60）：

慰我生平嘆鳳章　者番眞覺破天荒　芳規可慕嘉能守　吾道猶存幸未亡
女輩果然遵孔教　老人不負立書房　允堪張目他時助　為貴家庭賀弄璋

雖言「唯小人女子難養也」，但就林述三的經驗，卻不如此認為；本詩作於昭和19年（1943），述三見女學生也能謹守聖賢之道，令他欣慰；又：

式禮無愆樸不華　金相玉質粲燈花　抗顏豪語皆吾女　把酒歡心見一家
珍錯駢羅供醉飽　調和各妙足稱誇　時艱才力何容易　失色先生感靡涯

在戰爭的緊張時期，個性活潑豪爽的女同學們，費心準備豐盛的佳餚，師生歡聚，如同家人一般。

紅杏瓶中花正繁　墨香箋影爽吟魂　吐辭明潔皆磨琢　入津宮商合議論
此日有心追詠絮　他時無足效隨園　綠漪詩與樓東賦　別見才華立一門

師生相聚吟詠唱和，女同學們各俱才華，身為教師的述三是非常寬慰的。其〈礪心齋女子同學會席後作〉四首（礪64）：

論才端不讓男兒　濟濟樓中肅禮儀：忍被鄰家蔥老笑　怙憐滋味自家知
犀心具與世推移　誰道持家不立規　文采俱成丹鳳羽　教人嘲作女鬚眉：
滄海桑田天不改　老人也共有榮施

在重男輕女的社會裡，女子讀書可能成為被嘲笑的對象，雖然只有自己知道讀書的樂趣，但持之以恆，終見文采，老師也與有榮焉；可見述三不贊同「女子無才便是德」的傳統觀念，早有男女平等的觀念。

據張社長表示：林述三的弟子黃笑園（天籟三笑之一）另立「捲籟軒」書房，有凌駕「天籟吟社」之意，林述三也不以為意，仍與該弟子時相切磋、不吝賜教。述三為人寬厚有包容心，面對世變，都能溫和寬容對待，所以能成其大，為台灣詩學貢獻良多，而其門人弟子至今感念不已。

四、為人詼諧

述三自號怪癡、怪星，有自嘲之意。其偶有嘲諷他人但不失善意的詩作，如〈還俗尼〉（礪7）：

新留短髮可齊眉　不誦佛經誦小詩　忘卻香衾擁快婿　醒來誤認是沙彌

而其〈礪心齊詩話〉（藻一28）言：記純兄於周郎顧曲題有聯云：「兒女心情絲竹外英雄韜略酒杯中」；戴還浦先生〈妓女出家〉：「脫卻平康舊舞衣 無遮會上願皈依偶分佛饌供檀越 認得情郎淚暗揮」，皆妙。由此可見林述三的詼諧特質。

肆、結語

日治時期，日人及台籍知識份子雙方從不同的立場出發，彼此唱和，促進了台灣詩社的蓬勃發展。林述三在台灣割讓之初來台，繼承父業，從事漢文教育，處在詩社蓬勃發展的時代氛圍中，與台灣三大詩社、星社等均有聯吟唱和，又與學生門人創「天籟吟社」，積極參與詩社活動，以保存漢文化；而在被殖民的地位中，也與日本殖民當局有聯吟的活動，但述三是氣節之士，加上個性溫和，因此採取迂迴的方式與當局者周旋，既未有求榮的醜態，也延續了詩社的活動。

戰後，述三與渡海來台人士仍有詩作唱和的活動，表現出不為功名亦讀書的恬淡個性；因他才德兼備、堅貞壯節，國民政府曾頒發「風勵儒林」匾額來獎勵他。加上其為人寬厚溫和、有包容心，創作多樣且豐富等特色，深受學生感念，因此「天籟吟社」目前仍積極推動古典詩社聯吟活動，且將這類活動科技化、資訊化。由天籟的例子，可略窺日治時期漢文詩社的活動情形，也可了解當時漢文化深入群眾底層，漢學教師身教言教並行，對民族氣節的堅持，對學生人格教化的養成，有其時代意義。

但詩社主要以擊鉢、課題為主，這種限題、限體、限時、限韻的寫作方式，一般多視之為「遊戲之作」，文學上的評價並不高；筆者以《天籟詩集》為範疇，曾詢問張社長，得知該社社員來自各行各業、各個階層，顯現書房教育的民間化[51]。但由於漢私塾教育的民間化，漢文識字率的提高，只要入漢私塾讀過書，學過作詩方法的人，基本上都能寫作；再加上印刷術的進步，出版業的發達，使得報紙雜誌的刊行，詩作的出版，都比清代更加蓬勃；漢文文藝的創作者與消費者都有長足的增長，這是教育普及、文學大眾化的現象。日治期間，漢文化得以保存，詩社從菁英走向庶民化，應該是一個重要的因素；但也產生傳統漢詩庸俗化的問題。加上時代的變遷，關注於此方面的年輕人越來越少，老成逐漸凋零，詩社的存廢、古典詩的推動，都是有待思考的文學社會學問題。

註釋：

*作者目前就讀於玄奘大學中研所博士班。

1據黃美娥，〈實踐與轉化—日治時代台灣傳統詩社的現代性體驗〉，《重層現代性鏡像》（台北：麥田，2004年12月），頁146。

2黃美娥，〈日治時代台灣詩社林立的社會考察〉，《臺灣風物》47:3（1997年9月），頁43~88。

3關於林述三的生年，陳鶯癡〈天籟吟社與林述三〉言其生於民國前24年（1887），見《台北文物》2:3（1953年11月），頁74。台北市文獻會《台北市志》卷九人物志賢德篇：言其生於光緒13年（1887）（台灣文獻委員會，1988年出版），頁247。而礪心齋同學會〈礪心齊詩集序〉亦同，見《礪心齋詩集》（台北：礪心齋同學會，1950年；今引用者爲《台灣先賢詩文集彙刊第三輯》（台北：龍文，2001年）），但在《礪心齋詩集》卷頭前序有註言：據述三哲嗣林錫牙言，該序（指〈礪心齊詩集序〉）所記年齡少十歲，但〈礪心齊詩集序〉有言：「夫子今年六十有三矣」，明言其歲數，今依此，定林氏生於1887年。又其卒年，《礪心齋詩集》卷頭前序言卒於1956年，《台北市志》卷九人物志賢德篇言其卒於民國35年（1946），陳鶯癡〈天籟吟社與林述三〉言：1950年，林氏門生爲其編輯出版《礪心齋詩集》：「不使述三知」，而〈礪心齊詩集序〉亦言：「同人等私以詩集付梓，未使夫子知也，他日夫子聞之，當亦爲之莞爾。」可知林氏當時仍在世，故今從之：其卒於1956年。

4「天籟吟社」現任社長張國裕先生於94年12月30日電話中表示：雖不明確知道「先生祖」林述三的字號由來，但就其體悟：林氏講學時，重孝道，且推崇「孔曰成仁，孟曰取義」，因此認爲三者應指忠、孝、義。

5參見文訊編輯部，〈現階段臺灣傳統詩社概況〉，《文訊》18（1985年6月），頁36。

6參見陳鶯癡〈天籟吟社與林述三〉，同注3；及賴子清，〈古今北臺詩社〉，《臺北文獻》直74（1985年12月），頁175。

7關於台灣文化協會的文化啓蒙及請願設置議會活動，參見臺灣省文獻委員會編，《臺灣史》（台北：眾文圖書，1990年11月，二版二刷）第十節第二項 非武力抗日時期，頁676~694。

8陳鶯癡〈天籟吟社與林述三〉，同注3，頁76。

9賴子清〈古今北臺詩社〉，同注6。

10參見台灣省文獻委員會編，《臺灣史》，同注7，頁605~606。關於書房的數量，尹章義引《台灣慣習記事》言：明治35年（光緒28年 1902）全台有 1822 間書房，昭和13年（1938），中日全面戰爭爆發的時候全台只有19所私塾。詳見氏著，《臺灣近代史論》（台北：自立晚報，1987年4月，二版），頁56~57。

11此論參見王文顏，〈光復前台灣詩社的時代價值〉，《文訊》18（1985年6月），頁48。

12關於「天籟吟社」的成立年代，潘玉蘭引用《台灣日日新報》資料，推論成立於大正11年（1922），詳見潘玉蘭，《天籟吟社研究》（台北：台灣師範大學國文系碩士專班碩論，2005

年7月），頁43~46。但本文以爲詩社活動與書房教育關係密切，在特異的政治氛圍中，展開詩社活動是合理的，而師生間的私下活動，與報紙刊登的時間有差距也極有可能，因此認爲詩社成立於大正9年。

13 黃美娥，〈日治時代台灣詩社林立的社會考察〉，同注2，頁51~52。

14 潘玉蘭，《天籟吟社研究》，同注12，頁101~103。

15 大正10年（1921）原爲櫟社成立二十週年，紀念會因準備暫緩，至翌年十月八日（農曆八月十八日）下午四時始舉行「櫟社二十年題名碑落成典禮」，是日出席社友19人，缺席4人，來賓35人，賓主合共54人，禮畢有詩會、宴會，晚上並舉行音樂會助興。詳見傅錫祺《櫟社沿革志略》臺灣文獻叢刊／一七〇（台灣：台灣銀行經濟研究室，1963年2月），頁18~20。

16 黃美娥，〈北臺第一大詩社：日治時期的瀛社及其活動〉，《第六屆近代中國學術研討會論文集》（桃園：中央大學中文系，2000年），頁347。

17 台灣愛書會編，《愛書》雜誌，爲一日文雜誌，第十四輯爲「臺灣文藝書志」，前有神田喜一郎、島田謹二共同撰文，介紹台灣文學狀況，而書目及題要爲黃得時、池田敏雄所撰，昭和17年8月發行。顏氏資料參見該書頁39。

18 台灣愛書會編，《愛書》雜誌，同注17，頁40。

19 陳世慶，〈星社〉，《台北文物》4：4（1956年2月），頁46。

20 吳毓琪，《台灣南社研究》（台南：南市文化，1999年）附錄一：南社活動年表。

21 陳世慶，〈星社〉，同注19，頁45。

22台灣愛書會編，《愛書》雜誌，同注17，頁69。

23詳見黃美娥主編，《張純甫全集》編者序（新竹：竹市文化，1998年）。

24賴子清，〈古今臺灣詩文社（一）〉，《臺灣文獻》10：3（1959年9月），頁81。

25陳驚癡，〈天籟吟社與林述三〉，同注3，頁75。

26《愛書》雜誌亦言及此事，同注17，頁75。

27台北市文獻委員會，〈臺北市詩社座談會〉，《臺北文物》4：4（1956年2月），頁14。

28台灣愛書會編，《愛書》雜誌，同注17，頁36。

29台灣愛書會編，《愛書》雜誌，同注17，頁41。

30台灣愛書會編，《愛書》雜誌，同注17，頁41。

31台灣愛書會編，《愛書》雜誌，同注17，頁41。

32據李宗慈：《風月》是日治時代唯一的漢文綜合文藝雜誌，昭和10年（1935）由台北大稻埕一群擅長舊文藝的文化人共同集資發行，自昭和12年（1937）改爲《風月報》台灣愛書會編，《愛書》雜誌，同注17，後改名爲《南方》，至1944年停刊。見氏著，《口述歷史：吳漫沙的風與月》（台北縣：台北縣政府文化局，2002年），頁169。

33黃美娥，〈日治時代台灣詩社林立的社會考察〉，同注2，頁49。

34詳見李得全等編著，《士林官邸導覽》（台北：市政府都市發展局，1996年9月，二版），頁36。

35曾今可，曾任《台灣詩壇月刊》主編，於民國42年（1953）出版了《台灣詩選》，此書共收錄四百零八家的詩作，作者上自監察、考試院長、省府委員，下至部隊阿兵哥、公所職員、米商、茶商。參見「遠流博視網」傅月庵（2004-08-15 11:52:35）〈台灣曾經是個詩人島〉。此處非爲本文論述重點，因此未複查原典，僅供參考。

36 訪談「天籟吟社」現任社長張國裕先生得知。

37 同前注。目前由網路查到各外省籍詩人資料如下：吳劍鋒創辦《漢詩之聲》季刊82年10月10日創刊，十餘期後停刊。羅戎庵（尚）爲《大華晚報》〈瀛海同聲〉主編。因非爲本文論述要點，未複查原典，僅供參考。

38「天籟吟社」的網站是詩社的總幹事楊維仁創於民國89年（2000）3月22日，有簡史、詩選、吟調、剪影、文獻及發表區等項目。網址：http://tianlai.myweb.hinet.net

39 據台灣歌仔學會漢詩社（長安詩社）網站：……學會請了傅秋鏞、陳榮張、李春榮、張國裕、莫月娥、林正三、姚孝彥等老師，繼續講課迄今。參見網址：http://home.kimo.com.tw/atb1011/poem/index.htm

40 陳鶯癡〈天籟吟社與林述三〉，同注3，頁74。賴子清〈古今北臺詩社〉亦言及此，同注6，頁175。

41 莫月娥吟唱．楊維仁製作，《大雅天籟—莫月娥古典詩吟唱專輯》（台北：萬卷樓，2003年1月）。

42 洪澤南製作，《大家來吟詩—傳統八音再現》（台北：萬卷樓）。

43 夢蝶園舊址今爲台南市法華寺，詳見林藜〈李茂春夢蝶有園〉《寶島蒐古錄》三（台北：台灣新生報社，1980），頁125。

44 台北市文獻會《台北市志》卷九人物志賢德篇，同注3，頁247。

45 陳鷲癡〈天籟吟社與林述三〉，同注3，頁74。

46 龍瑛宗，〈崎嶇的文學路—抗戰文壇的回顧〉，《文訊》第7、8期（1984年2月），頁258。

47 陳世慶〈星社〉，同注19，頁54。

48 〈江南春〉（踏青）：「鞋蹴鳳路入杏花村 人影斜陽芳草外 香風裊裊畫裙翻 兒女共銷魂」，同注19，頁55。

49 詳見潘玉蘭《天籟吟社研究》，同注12。

50 《臺北市志》人物志賢德篇，同注3，頁247。

51 關於天籟社員的職業，詳見潘玉蘭《天籟吟社研究》，同注12。

天籟吟社歷年出版品簡表

楊維仁 輯

書名（刊名）	編者（作者）	出版形式	出版年代	出版者	備註
藻香文藝	林述三主稿 吳永遠編輯	半月刊	昭和六年（1931）十一月二十日	藻香文藝社	曾發行三期、四期或五期，待考。國立中央圖書館台灣分館僅存第一、二期。
天籟報	礪心齋同學會	不定刊	民國三十五年（1946）三月	礪心齋同學會	發行期數待考
天籟吟社集	陳鐓厚編	手抄本	民國四十年（1951）	芸香齋	
天籟詩集	天籟吟社幹事組	精裝本	民國七十七年（1988）十月	天籟吟社	
天籟新聲	張國裕製作 楊維仁主編	平裝本	民國九十六年（2007）三月	萬卷樓圖書公司	
張社長國裕八十晉一誌慶詩集	洪淑珍主編	簡裝本	民國九十七年（2008）二月	天籟吟社	
天籟元音	張國裕製作 楊維仁主編	平裝本 四片CD	民國九十九年（2010）一月	萬卷樓圖書公司	
天籟吟社研究	潘玉蘭 著	平裝本	民國九十九年（2010）六月	萬卷樓圖書公司	天籟吟社委請潘玉蘭出版其碩士論文
天籟吟社九十週年紀念集	歐陽開代製作 楊維仁主編	平裝本	民國九十九年（2010）十月	萬卷樓圖書公司	

天籟吟社成員 近年個人古典詩詞出版品簡表

楊維仁 輯

書名（刊名）	編者（作者）	出版形式	出版年代	出版者	備註
大雅天籟	莫月娥吟唱 楊維仁製作	盒裝、平裝本 兩片CD	民國九十二年（2003）一月	萬卷樓圖書公司	
戎庵詩存	羅尚著 孫吉志編校	精裝本、平裝本（兩種）	民國九十四年（2005）八月	宏文館圖書公司	羅尚時任天籟吟社顧問
詠纓集	余美瑛	盒裝 兩片CD	民國九十五年（2006）七月	博創印藝文化	
抱樸樓吟草	楊維仁	平裝本	民國九十六年（2007）一月	唐山書局	
姚啓甲先生膺任國際扶輪2008~2009年度3490地區總監履新唱酬集	三千貿易股份有限公司編輯	精裝本	民國九十七年（2008）五月	三千貿易股份有限公司	
二○○八—二○○九年度國際扶輪三四九○地區國小書法比賽暨詩寫鄉土徵詩比賽優勝作品專集	姚啓甲發行 連勝彥主編	精裝本	民國九十八年（2009）四月	國際扶輪三四九○地區總監辦事處	
天籟吟風	葉世榮吟唱 楊維仁主編	平裝本 一片CD	民國九十九年（2010）九月	萬卷樓圖書公司	附錄葉世榮詩稿《奕勛吟草》

天籟吟社

歷年聯吟大會 詩作精粹

天籟吟社主辦全島詩人聯吟大會

日　期：昭和十年（1935）十月廿七、廿八日

會　場：台北市蓬萊閣

參加人數：六百餘人

開會內容：第一日（公元一九三五年十月廿七日，星期日）下午二時開會。

◎首　唱：嶺梅，七律，灰韻。

左詞宗：高雄州郭芷涵詞長

右詞宗：台中州王了菴詞長

擬　題：陳春林、洪鐵濤、吳牧童、盧史雲、施梅樵、張筑客、西川萱南、高槐青等八人。

◎次　唱：雞群鶴，五絕，微韻。

左詞宗：台南州趙雲石詞長

右詞宗：新竹州鄭養齋詞長

擬　題：鮑梀臣、陳文石、吳小魯、鄭墨禪、楊星亭、黃懶虫、李石鯨、陳竹峰等八人。

◎以上二首，交卷時限：下午六時。迨十月二十八日凌晨，上午一時過後榜發。

第二日（公元一九三五年十月廿八日，星期一）下午二時，全體詩盟照相留念。

◎首　唱：博覽會紀盛，五律，東韻。

左詞宗：台南州吳子宏詞長

右詞宗：台中州吳子瑜詞長

擬　題：楊近樗、葉文樞、蔡天弧、許君山、陳世英、張一泓等六人。

◎次　唱：人海，七絕，侵韻。

左詞宗：高雄州鄭坤五詞長

右詞宗：新竹州邱筱園詞長

擬　題：吳少青、王大俊、呂傳琪、陳渭雄、陳月樵、陳竹峰等六人。

◎以上二首，交卷時限：下午五時三十分。迨十月二十九日上午零時三十分榜發。

◎二日開會均於交卷後吟宴（懇親宴），俱由「鐘鳴劇社」排演文士劇為餘興，蒙參加者熱烈歡迎。

按此次連日詩會乃趁在台北舉行博覽會所配合之雅集，由天籟吟社師生全力投入接待六百餘人詩友，盛況空前。（「詩報」等亦有報導。）

編者說明：

以下詩稿根據張國裕先生抄錄前人手稿、《詩報》（昭和十年十二月一日）、《臺灣日日新報》（昭和十年十一月~昭和十一年一月）、《愛國詩選集》（昭和十四年四月）四項資料互相比對。

全島詩人聯吟大會

第一日（公元一九三五年十月廿七日）首唱

詩　題：嶺梅，七律，灰韻

左詞宗：高雄州郭芷涵詞長

右詞宗：台中州王了菴詞長

左元　張純甫

自從南國見花魁，不待東風特意催。大塊有山同醞釀，小春無雪亦胚胎。

水沙何處籠深淺，煙月他時淡去來。我愛延平祠一樹，天教三百記開臺。

右元　吴燕生

綠萼仙人拂袂回，亭亭又見滿岩隈。新詩咏罷騎驢去，艷曲歌殘舞鶴來。
瘦骨凌雲飄玉笛，冰心照夢護春臺。廣平自有閑情在，不負當年作賦才。

左眼　張奎五

萼綠仙姬下玉臺，冰肌皎潔絕塵埃。冬心北幹千年在，春意南枝一夜催。
疏影橫斜臨水曲，暗香浮動隔岩隈。尋詩忽動襄陽興，踏雪空山策衛來。

右眼　曾笑雲

十分幽艷為誰開，春滿孤山有鶴陪。何日香傳到金殿，昨宵夢已醒瑤臺。
清粧仙倚前村雪，覔句人穿僻路苔。最是一枝看不厭，亭亭玉立傍岩隈。

左花

盧纘祥

百花頭上報先開，點綴荒山雪作媒。流水斷橋添畫意，暗香疎影論詩才。
心如鐵石偕誰隱，骨傲冰霜避俗猜。珍重一枝春信好，有人索笑過岩隈。

右花左七九

王克士

寄人未願傍籬隈，獨抱冰心嶺上開。冷豔更教霜作伴，幽香自足月相陪。
雲橫傲骨欽高格，雪映清姿絕俗埃。十月先傳春訊早，一枝欲折陟崔嵬。

左四

洪鐵濤

小陽消息暗中催，大庾瓊枝幾點開。十月香溫春醞釀，半林雪破玉胚胎。
前峰鐘動驢初度，絕巘雲橫鶴未回。愛爾高棲清淨土，相侵漫許到塵埃。

右四左二三

歐劍窗

霜嚴雪冷白成堆，浮動黃昏幾朵開。香海迢遙春獨占，空山寂寞歲將催。
冰心自是超塵俗，傲骨偏憐濟世才。嫁杏奴桃休鬥艷，藐姑仙子擅瑤臺。

左五

吳松茂

律轉陽春大地回，南枝朵蕊傍山隈。遠香細淡風前度，疎影清癯月下開。
骨格應推孤鶴侶，頭銜合署百花魁。羅浮舊夢無消息，空負仙妃謫玉臺。

右五

黃振芳

不待東風次第開，疑他疊嶂雪成堆。隴頭且待三冬折，山上頻看十月開。
何遜多情重過訪，林逋有意共追陪。南枝欣得花先放，載酒奚妨日幾回。

左六

謝桂森

珊珊秀骨玉為胎，數點羅浮早信來。歷劫冰霜存古色，結盟雲水具仙才。
村前村後情何限，江北江南夢乍回。嫁得林郎貧不厭，春風綺思未全灰。

右六

鄭指薪

瓊蕊開時絕點埃，巡簷笑索一枝開。遙山重疊蟾光照，老樹橫斜鶴夢回。
枝折隴頭人萬里，影移月下雪千堆。如何踏向峰巒去，為效襄陽策蹇來。

左七

謝國楨

孤山山上嫩寒催，應候南枝數點開。處士頭銜因雪傲，美人心事得春回。
疎林一角斜明月，古徑三冬掩綠苔。放鶴亭邊重索笑，也吟佳句憶仙才。

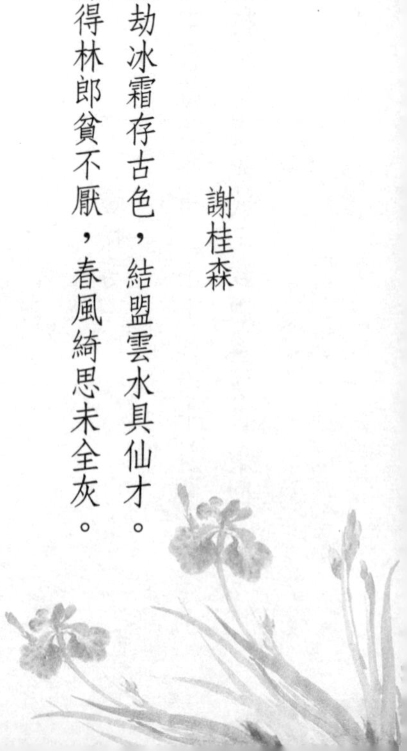

右七　王成業

瓊枝宜占在瑤臺，誰把峰前處處栽。香滿羅浮高士夢，春回庾嶺美人來。
板橋策蹇尋詩去，茅舍甘心向雪開。我亦芳情似君復，未容玉笛動山隈。

左八　黃坤松

南枝開後北枝開，庾嶺橫斜映水隈。點額管他宮女羨，尋詩已向灞橋來。
春傳大地花魂醒，香繞蒼松鶴夢回。莫作隴頭容易賦，調羹共仰廣平才。

右八左二四　秀椿

乍見南枝數朵開，品題蕊榜占花魁。風搖玉骨香千里，月照冰心雪一堆。
簾下美人欣入夢，山中高士笑相陪。襄陽昔日尋驢背，為賞孤芳念未灰。

左九

寶琛

爛熳橫斜素面開，每年獨占百花魁。瓊枝難得千芳伴，玉蕊全無一點埃。
薄薄冷香飄白雪，疎疎寒影印蒼苔。春風夜半羅浮夢，載酒孤山未忍回。

右九

達三

竹松為友占花魁，絕頂攜鋤喜自栽。十月峰巒疎影動，一天風雪暗香開。
策驢莫怪衝寒早，待鶴堪欣索笑纔。他日折時逢驛使，也應情觸隴頭來。

左十

謝森鴻

頻看山意破寒來，消息偏從十月開。浮動香爭秋後菊，橫斜影落古時苔。
岩空氣自陽春得，地迥花還絕頂栽。最是幾生修到此，風流高格出塵埃。

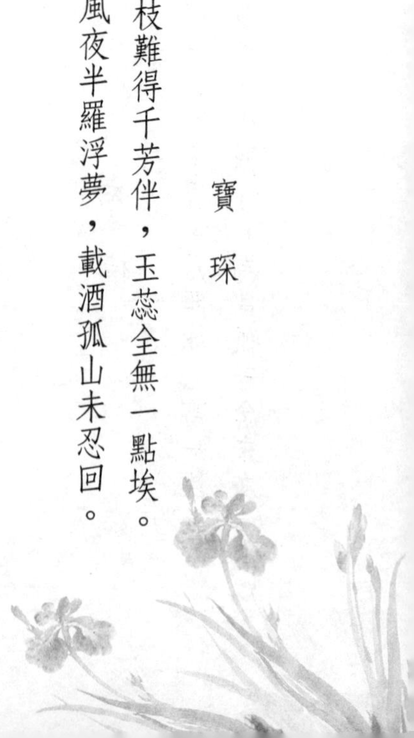

右十　　謝鐸庵

隴頭又覺暗香來，得氣南枝獨早胎。珠蕊暫從煙雨綻，檀心直傲雪霜開。
林間入夢人何在，驢背吟詩願未灰。玉骨冰肌情絕俗，群芳讓汝占花魁。

左十一　　郭樹

陽春昨夜到亭臺，暖信早傳庾嶺來。傍晚飄香千樹淡，臨風搖影一枝皚。
詩人詠就全如玉，騷客吟成絕點埃。借問鰲頭誰第一，欣他獨占百花魁。

右十一左三十　　水草

竹松為友莫疑猜，搖落群芳獨自開。幾點素心斜嶺外，滿天皚雪擁林隈。
騷人訪艷詩千卷，處士尋春酒百杯。絕好清風明月夜，輕輕吹到暗香來。

左十二　　蔡痴雲

小園一賦誦崔嵬，別有羅浮獨占魁。明月美人餘窈窕，清秋長笛付徘徊。
頗思問訊香常暖，差慰巡簷念未灰。安得橫斜疎影外，他年小築傍山隈。

右十二左七六　　清　渠

臘月芳心爛熳開，孤山處士費徘徊。魂飛庾嶺春無賴，夢繞羅浮雪幾堆。
籬菊漫誇三徑艷，美人獨占百花魁。冰姿玉骨凌高節，羞殺繽紛桃李才。

左十三　　鮑樑臣

枝分南北後先開，春色年年獨占魁。搖月暫看疎影動，迎風又放暗香回。
可憐雲外仙人骨，長作山中宰相材。何若移根登上苑，調羹鼎鼐好追陪。

右十三　趙作霖

高標已占百花魁，知是羅浮絕頂開。逋老孤山休著句，何郎東閣漫稱才。
忍寒欲鬥臙脂雪，破臘先傳荳蔻胎。手折一枝思贈友，隴頭驛使有誰來。

左十四　吳萱草

前身佳種在瑤臺，移向孤山絕頂栽。古徑祇應雙鶴守，上林先占百花開。
早將芳訊傳蓬島，漸漏春光下草萊。疎影橫斜寒月照，有人索笑共徘徊。

右十四左七一　林子惠

層巒處處雜新栽，春信先傳帶笑開。和靖為妻偏有意，廣平作賦豈無才。
山容點綴多生色，玉骨玲瓏獨占魁。我欲移他松竹友，成三鼎足萃崔嵬。

左十五

呂漢生

綠蕚羅浮雪漫催，東風寂寞幾回開。詩隨十里尋春去，夢美三更趁月來。
彷彿神仙新眷屬，依稀冷艷舊瑤臺。瓊枝端合孤山上，天與清香不染埃。

右十五左七十

褚雲軔

一枝出岫堪招隱，數里生香獨占魁。處士堂前搖玉骨，美人月夜下瑤臺。
漫將格老思攀折，且喜枝高欲剪栽。合伴逋仙塵界外，三春韵事好相陪。

左十六

李傳亮

消息南枝破蕚纔，天涯淑氣覺陽回。前身潔白三生契，斜月昏黃幾度催。
索笑人憐孤影瘦，攜笻我愛暗香來。羨他修得塵根盡，嶺上嫣然十月開。

右十六左六九

李逸鶴

霜巖雪白晚風催，山後山前帶笑開。瘦骨崚嶒超俗艷，冰魂縹緲絕塵埃。
三千仞下標高格，十二峰頭獨占魁。倘許師雄同入夢，月明莫負美人來。

左十七

兩傳

玉削煙癯絕點埃，一枝秀出庾南開。早傳芳信添詩料，勾引春情作賦材。
夜月生魂林下夢，東風有約客中杯。穿山任笑痴如我，最好啁啾鳥語來。

右十七

葉子宜

綠衣仙子下瑤臺，獨向山巔冒雪開。千嶂月明疎影瘦，幾枝風送暗香來。
衝寒天意無雙品，破臘春心第一魁。林下美人高士夢，孤標丰格傍岩隈。

左十八

張熙馨

不待南枝破臘開，灞橋人己索詩來。師雄舊事傳仙夢，公主新粧入鏡臺。
觸目孤山疑雪綻，聞香庾嶺覺春回。花魁莫怪君先占，骨相清癯絕點埃。

右十八

德昭

一枝獨占百花魁，春氣峰高得早回。林下美人情繾綣，隴頭驛使思低徊。
不隨籬菊傷零落，偏戰霜風逞艷開。最羨孤山魂夢處，天寒有鶴日相陪。

左十九

雅仙

獨步庾峰眼界開，南枝芳信日飛來。影成綠萼花皆艷，春到羅浮雪作堆。
千嶂冰姿和靖癖，一篇珠玉廣平才。幾生修到人間福，我欲敲詩醉百醅。

右十九

陳圖南

小陽春淺氣初回，幾點枝頭報早開。林下夢回人乍見，隴頭春逗玉先堆。
何曾冷暖知春姤，獨著清高與俗猜。合在羅浮山上住，騎驢訪艷有人來。

左二十

吳鴻爐

南枝十月已先開，大庾應多淑氣催。自愛嵒隈傲霜雪，不甘竹外染塵埃。
吟成何遜人堪反，嫁得林逋孰作媒。獨占花魁榮蕊榜，托根端合在崔嵬。

右二十

吳蔭培

東風著意暗香催，峻嶺冰姿獨占魁。百樹橫斜衝雪裡，一枝消息報岩隈。
格奇塵外搜詩料，芳逗花邊遞酒杯。雅淡不隨群卉綻，層巒得氣帶春開。

全島詩人聯吟大會

第一日（公元一九三五年十月廿七日）次唱

詩　題：雞群鶴，五絕，微韻

左詞宗：台南州趙雲石詞長

右詞宗：新竹州鄭養齋詞長

左元　　黃南勳

丹頂花冠裡，仙風與俗違。英雄原獨立，有日九霄飛。

右元　　陳光亮

英雄同落拓，五德莫施威。非是湯鍋物，沖天志不違。

左眼

入世神偏瘁，沖天氣獨巍。可知身矯矯，肯共德禽飛。

趙劍泉

右眼

獨有沖霄翮，膠膠迫四圍。仙凡原有別，一曲唱南飛。

謝森鴻

左花右四六

清唳諧咿喔，嵇山望自稀。可堪筱裏鳳，何日與高飛。

林錫牙

右花左十八

雜入凡禽裏，仙姿與眾違。何時凌碧落，好伴鳳高飛。

張瀛洲

左四

陳瓊華

殊相空千古，庸中現縞衣。高風嵇叔夜，濁世見應稀。

右四

陳守坤

嵇山來振采，知是九霄歸。愧殺司晨侶，難隨瑤圃飛。

左五

張鳴鶴

獨立家禽裡，軒昂羨羽衣。嵇生之入洛，骨格自依稀。

右五左十七

劉翠岩

矯矯有餘威，塒中伴侶非。乘軒他日事，雲路任高飛。

左六右七九

不愧臞仙號，家禽詎可希。相形方見拙，未許爾同飛。

陳瑞記

右六左十五

忍與雄冠伍，相將共息機。漫嗤同不舞，夙志在高飛。

黃景岳

左七

恥共群雞伍，無心較瘠肥。英雄悲落拓，一例待高飛。

蔡敦輝

右七

司晨雖有信，丹頂豈相依。待到瑤池會，冲天伴鳳飛。

雷　明

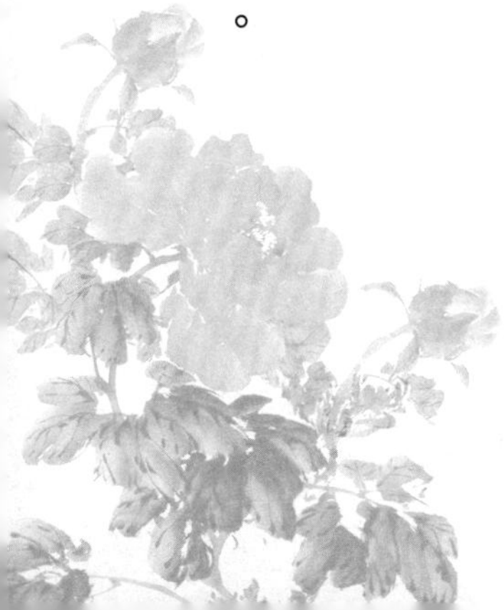

左八右八

仙禽雞裡立，品格見崔巍。漫比隨鴉鳳，超群與俗違。

陳竹峰

左九

喔喔喧聲裡，昂然振羽衣。也如祥鳳立，亂噪笑鴉非。

曾笑雲

右九

偶向雞群立，翩翩脱俗機。乾坤容託跡，唯恥稻粱肥。

黃道中

左十

縱與司晨伍，超然看羽衣。仙凡原有別，華表正來歸。

周文俊

右十

英雄誇獨立，自傲百雞飛。鼓翅乾坤動，昂頭咫尺威。

鄭玉雪

左十一

莫笑喈喈侶，昂昂與眾違。出人頭上立，欲振羽衣飛。

鮑樑臣

右十一

唳月仙凡別，司晨飲啄非。且看鴉隨鳳，一例待時飛。

陳伯華

左十二

矯首寒空立，偏嗤五德非。峩冠兼鐵距，轉有眾人譏。

蔡子昭

右十二 蔡希顏

茅店啼仍舊，華亭唳已違。笑他塒上伴，誰共九霄飛。

左十三 許木易

我愛雞中鶴，昂頭尚獨飛。九霄雲漢外，迥與凡禽違。

右十三 卓夢庵

豈獨嵇山擬，翩翩與俗違。任他千振采，輸我一雲衣。

左十四 張建彬

漫説知音少，仙凡品自違。鳴皋咿喔異，漸許眾禽依。

右十四　修　如

獨立雞群內，昂昂展羽衣。笑他稱五德，難共九皋飛。

右十五　黃子青

雲難知心久，雞群獨鶴飛。昂昂游太液，不羨稻粱肥。

左十六右五十　劉春亭

昂然嵇紹格，恥與俗禽依。獨抱凌雲志，扶搖萬里飛。

右十六　楊廷榮

華表歸來後，甘同五德依。未殊鴉噪鳳，落伍任人譏。

右十七左四一

許君山

卓立靈禽裡，昂頭一羽衣。雲翎豐滿日，奮起九霄飛。

右十八左四二

高文淵

一鶴清標最，群雞愧共依。司晨皆碌碌，看我九霄飛。

左十九

楊爾材

喔喔群中立，軒昂志不違。寄言諸伴侶，待看九皋飛。

右十九

清　彬

迴出司晨侶，教雛振翮飛。峩冠俱群異，塒下懾餘威。

左二十

振采誇丹頂，軒昂獨震威。笑他啼喔喔，難向九皋飛。

蕭水秀

右二十

凡鳥難為伍，仙禽應自飛。漫云同羽族，品格讓天違。

紫亭

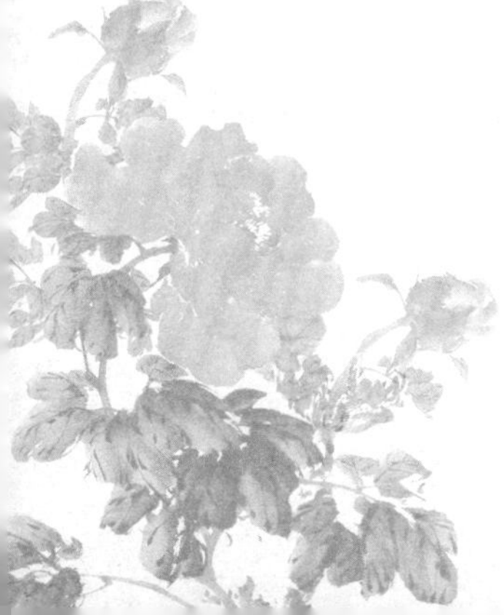

全島詩人聯吟大會

第二日（公元一九三五年十月廿八日）首唱

詩　題：博覽會紀盛，五律，東韻

左詞宗：台南州吳子宏詞長

右詞宗：台中州吳子瑜詞長

左元

蔡希顏

珍異森羅富，咸收眼界中。江山文藻艷，海國物華豐。

車走雷聲鬧，樓成蜃氣工。巴黎開最始，創憶破崙翁。

右元

張熙馨

廣場羅萬象，彫斲訝神工。歌舞喧闤外，魚龍曼衍中。

梯航三島集，人物五洲同。觸目繁華極，千秋定掃空。

左眼

張鶴年

政聲傳卌載，高會啓瀛東。絕島人文萃，邊陲聖澤融。
謳歌爭擊壤，誌盛異雕蟲。庶績徵今日，張衡賦已工。

右眼

歐小窗

盛會開猶昨，蓬蓬氣象熊。停車三市外，放眼陸橋中。
古勝尤今勝，人工奪化工。寂寥鄉土館，不改漢時風。

左花右四三

許丙丁

九衢人海溢，車水馬龍通。格物傳中外，揚文識大同。
智開窺管豹，跡印認泥鴻。萬象饒生意，靜觀自啓蒙。

右花左八

湘　芷

誰把珊瑚網，搜羅盡海東。江山新締造，文藻舊尊崇。
貨殖由天賦，鵬鏤訝鬼工。繁華長觸目，莫誤蜃樓同。

左四

蔡喬材

勝會啓瀛東，森羅萬象豐。人群同海樣，物質奪天工。
燈火千街耀，輪蹄八面通。騷壇開筆戰，盛典入詩中。

右四左七九

洪子衡

美麗誇瀛島，珊瑚一網中。物華憑領略，文質鬥玲瓏。
探勝來多士，敲詩唱大同。我儕舒巨眼，縱覽足揚風。

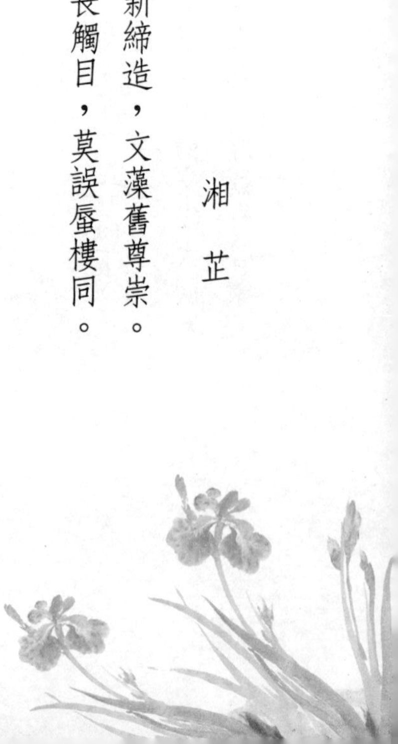

左五

簡長德

勝會開南國，奇觀奪化工。燈輝城不夜，館壯塔凌空。
物集三臺萃，文羅一代雄。繁華誇盛世，共仰帝恩隆。

右五左二一

吳燕生

商戰咏車攻，搜羅遍海東。樓臺輝金碧，燈火照玲瓏。
已極繁華境，還憑造化工。腐儒應咋舌，老眼欲朦朧。

左六

盧史雲

樓臺櫛比通，雅集大羅同。士女多江鯽，文章誌雪鴻。
物華搜海陸，寶藏列農工。眼福欣同飽，咸歌帝澤隆。

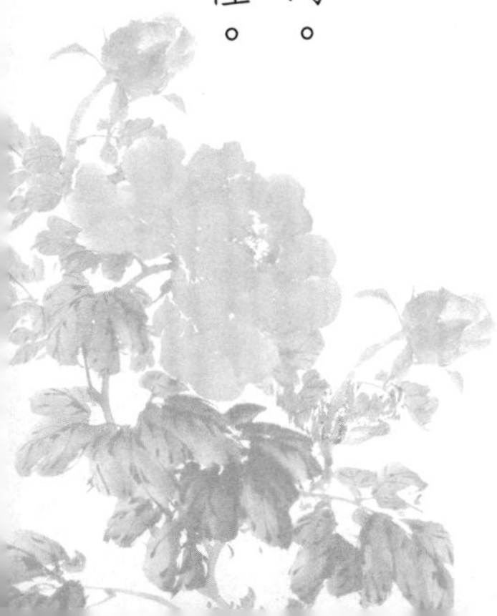

右六

訪梅

曾啓蓬萊島，參觀萬姓同。國防陳武備，騷坫振文風。
當日蠻煙地，今朝錦繡叢。開臺四十載，共仰帝恩隆。

左七

元亨

博覽記豐隆，文明產物充。香街洵軟綉，人海湧西東。
侈勝羞王保，誇奇壓石崇。蓬萊聲價重，樂趣萬方同。

右七左二六

李琮璜

島都開博覽，雅會振邦風。藻采繽紛襯，瑤華點綴工。
人來千里外，物聚八荒中。翹首昇平日，東瀛告厥功。

右八

京生

萬物多羅列，會開大海東。入場疑縮地，防國説航空。
畫閣如流水，星橋架彩虹。遊觀休厭倦，更去探鮫宮。

左九

俊卿

賽會開今日，堂皇氣象雄。文明誇海外，物質萃瀛東。
美麗三臺冠，縱橫六藝工。熙和歌政績，盛會頌堯風。

右九

賴獻瑞

廣廈千間起，衣冠此會同。朋新中國雨，品表大和風。
金粉南朝美，臙脂北地紅。回思遊十里，眼福得無窮。

左十右六五

王大俊

賽會宏模壯，遊觀目力窮。人來歌帝澤，機巧奪天工。
不少珍奇物，堪資教化功。年年期躍進，報答聖恩隆。

右十左十一

李石鯨

萬里梯航輳，精華萃海東。物搜天地秘，技擅鬼神工。
比賽資觀感，珍奇盡外中。卌年逢勝會，豪興邇遐同。

右十一

鄭指薪

大會啓瀛東，經營奪化工。樓臺疑蜃市，殿閣壯龍宮。
產物羅暹夏，參觀並滿蒙。遊人多似鯽，聲沸稻江中。

左十二右四二

潘芳菲

半壁東南地，豪華賽會逢。偉觀誇物質，精粹感文風。
政教關民瘼，乾綱仰聖衷。為留題盛舉，寫照入詩中。

右十二

曾笑雲

商家割據雄，陣面各精工。物化心增廣，人臨眼欲窮。
五光兼十色，萬紫復千紅。欣得場開放，外邦赴閱同。

左十三

魯詹

草木沾恩厚，搜羅物產豐。精神誇共濟，水乳喜交融。
隣國來多士，詩壇唱大同。恰逢施自治，王道振瀛東。

右十三左十四

黃振芳

勝會傳巴里，昆耶繼此風。火城光市內，人海擁場中。
本賴農工力，尤須士庶功。搜羅奇物備，一見感無窮。

右十四

材　筑

勝會人文地，精英悉此充。珍奇來北狄，異玩出西戎。
彷彿觀三島，所需盡百工。漫愁看不遍，萬物任雙瞳。

左十五

陳根泉

四十星霜滿，開催盛會隆。江山增氣色，物產奪天工。
大展千秋業，招來四海雄。騷壇逢此日，我輩樂無窮。

右十五　伯達

披圖鳥瞰同，產業賽雌雄。縱閱關全島，羅陳冠極東。
物資收動植，人巧萃農工。萬國旗招展，毘耶勝會中。

左十六　陳春林

廿紀文明啓，漸臻格智功。人無分畛域，物已集西東。
海陸森羅外，舟車輻輳中。欲知今日世，一筆祝昌隆。

右十六　郭茂松

館舍聳玲瓏，凝眸興不窮。珊瑚詡澎海，鱗甲萃基隆。
遲比材搜足，華遼物聚豐。再觀鄉土品，車過板橋東。

左十七　　建琳

博覽震瀛東，文明聚此中。詩人皆大雅，墨客盡豪雄。
會館誇高閣，層樓若舊宮。聖朝全盛世，謹頌慰宸衷。

右十七　　古桐

大劃與臺計，人聲百萬雄。圖開新閣上，物燦古城中。
家國資長策，臣民紀厥功。鈞天賡盛世，宵旰慰深衷。

左十八　　朝瑞

瀛壖開盛會，人物集寰中。獬豸珊瑚至，車龍馬水匆。
佳期九秋後，改隸卌年功。財阜奎垣日，民歌帝澤隆。

右十八

夢華

嚆矢逢佳會，扶節一覽同。人材皮相外，天府畫圖中。
善吸文明氣，看爭造化功。莫嫌多出品，富國在農工。

左十九

失名

四十年來盛，宏開教化功。百工驚薈萃，萬物歎盈充。
觀覽人成海，瑩煌氣貫虹。人文臻若此，共載聖恩隆。

右十九

穎川

海嶠風光勝，人文繪萃中。珍奇搜異國，博覽集瀛東。
金粉六朝盛，政權卅載功。鋪張都綺麗　民智啓圓通。

左二十右七四　亦宗

啓智催臺博，攢今究古風。千工爭巧技，百藝建奇功。
格物驚中外，經文進大同。參觀多濟士，列舉勉兒童。

右二十　金龍

賓旅如雲集，人聲鼎沸中。目瞻山產富，手指海魚豐。
觀客來無盡，守門接不窮。蓬萊樹詩幟，擊鉢振文風。

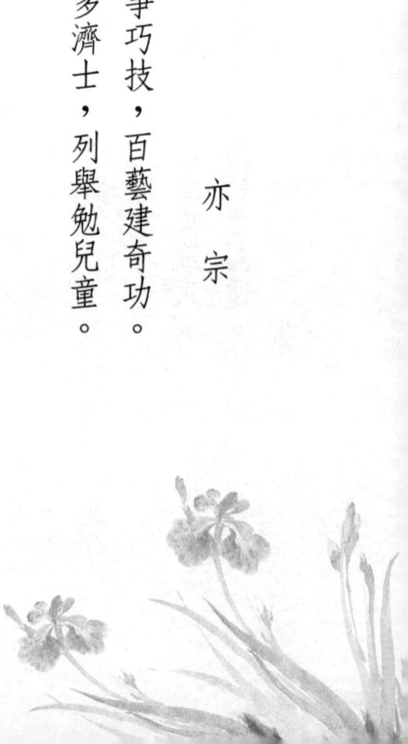

全島詩人聯吟大會

第二日（公元一九三五年十月廿八日）次唱

詩　題：人海，七絕，侵韻。

左詞宗：高雄州鄭坤五詞長

右詞宗：新竹州邱筱園詞長

左元　曾笑雲

泉接貪廉聯一脈，流分清濁不同心。何當四起歡聲湧，帝澤恩波共感深。

右元　守　坤

樓臺蜃氣幾升沉，嘆到望洋繫苦心。知否當年張養浩，不勝鷗我感偏深。

左眼　尤鏡明

蠡測安知萬眾心，思潮聲浪渺難尋。交通整理煩巡警，權作中流砥柱任。

右眼左花

蠡測何知感慨深，不堪身世共浮沉。時流時派爭新日，明鏡誰懸止水心。

盧史雲

右花左七

談瀛有客感懷深，寶筏迷津不易尋。我自源頭悟生活，清流指水淡盟心。

吳紉秋

左四

島都洶湧起潮音，一片波聲萬眾臨。密爾官隄防氾濫，往來咸懔左行心。

吳士茂

右四

馬龍車水浪千尋，蠡測真愁萬丈深。沒頂思潮狂廿紀，側身我亦任浮沉。

吳子宏

左五右十八　蔡敦輝

一例汪洋萬頃深，豈真蜃氣幻浮沉。橫流世界翻今日，腦海休存復古心。

右五　林子惠

漂從澤國流民淚，銷盡情場浪子心。我有媧皇摶土藝，洪濤十丈也難侵。

左六　陳伯華

氾防翻錯興波起，濁恐連脂禍水深。巨手誰援天下溺，急流勇退警迷沉。

右六　陳春林

世上還多名士鯽，坳堂那有芥舟心。任他呼我為魚也，願化龍飛起陸沉。

右七

陳壽五

捲起波瀾幾萬尋，時高時下淺還深。箇中多少書獃子，去路憑誰賜指鍼。

左八右十三

黃文虎

滔滔與世共浮沉，誰似朝宗秉至心。堪嘆思潮常日下，揚清難覓幾知音。

右八

國　楨

世上風波自古今，不分貴賤共浮沉。東西盡是迷津路，慾壑難填一樣深。

左九

葉子宜

萍跡年來不自禁，過江有鯽感同深。滄桑幻後紅羊劫，板蕩乾坤嘆陸沉。

右九

紛紛擾擾少知音，漫效成連此操琴。無際茫茫誰是若，有靈第一是黃金。

黃振芳

左十

綠女紅男鼎沸臨，不同宦海付升沉。往來名士多如鯽，誰抱安瀾濟世心。

駱子珊

右十左二一

歐風美雨日相侵，沸裡誰知大陸沉。時局波瀾尤險惡，浮生我慨尾閭深。

李遂初

左十一

黑潮動地紫煙沉，億萬悲歡不一心。圉圉洋洋渾不辨，世間魚水樂誰尋。

陳泰階

右十一　葉文樞

一樣滄桑變古今，圓顱方趾共浮沉。谷王漫自汪洋詡，輸與靈臺幾倍深。

左十二右四七　陳瑤璋

盈盈細擁路難尋，盟誓何須較淺深。願抱美人當桃葉，萬花浪裡任浮沉。

右十二左二四　劉萬傳

萬眾藏身感陸沉，坡翁自昔動哀吟。可憐梗泛萍浮外，蹤跡茫茫何處尋。

左十三　林仲衡

火樹銀花照碧潯，萬頭如鯽喜難禁。笑他曼衍魚龍戲，搖蕩屠沽市獪心。

左十四右十九

塵寰擾擾水霪霪，倒挽狂瀾夙有心。儂當舵工郎打槳，孤舟天地載浮沉。

陳瓊華

右十四

揚塵又見陸終沉，萍梗隨波跡莫尋。我與沙鷗留鎮日，滄浪高詠寄情深。

慶彬

左十五

舊派新流感不禁，萍蹤靡定共浮沉。生愁捲入旋渦去，慾海無邊宦海深。

茂村

右十五

車水馬龍騰活現，蜃樓萍寓費招尋。身攖世網鯤誰化，不盡栽桑慨陸沉。

陳文石

左十六　張鶴年

士多如鯽任浮沉，韓派蘇潮灩瀲深。寧使浪淘人物盡，魯連猶抱濟時心。

右十六　玉壺

無分北斗與南金，百萬挨挨漲碧潯。好與人山扶旭日，思波盡作太平音。

左十七右二四　何夢酣

不堪世道日浮沉，跋涉徒勞閱歷深。觸我風波平地感，茫茫前路正關心。

右十七　游象新

東漸西被任浮沉，縱浪生涯感不禁。誰具安瀾好身手，惡潮力挽救當今。

左十八　張熙馨

相逢北箭並南金，無數人疑波浪臨。莫怪樓臺同蜃蛤，潮流變幻獨關心。

左十九　蔡希顏

險阻真成不測深，身如一菽共浮沉。眼看世界潮流惡，欲濟須存仔細心。

左二十　李子寧

情瀾氾濫恨千尋，底事滄桑幻淺深。但願慈航來普濟，早登彼岸莫浮沉。

右二十　雲　橋

那堪與世共浮沉，立定中流直到今。我有波瀾詞賦麗，免教取水滌塵襟。

慶祝天籟吟社創社五十八週年社慶主辦戊午年全國詩人聯吟大會

主　辦：臺北市天籟吟社

時　間：民國六十七年（1978）二月廿六日

地　點：臺北市大龍峒保安宮

首　唱：天籟吟社社慶，七言律詩，一先韻
左詞宗：張達修先生
右詞宗：丁鏡湖先生

左元　張鶴年

社運蒸蒸五八年，會開鯤島萃群賢。鳴如霜磬敲春月，調叶雲璈響曉天。
倚馬才追唐李杜，探驪句寫漢山川。述三風雅高千古，餘韻鏗鏘譜管弦。

右元左七十二　吳子健

雅契苔岑五八年，吟旌高矗稻江邊。文章阨運逃秦劫，觴詠深盟繼晉賢。
鉢韻南來新歲月，吟聲北震舊山川。詩賡復國揚天籟，鼓吹中興奏凱旋。

左眼右六十三

陳泰山

詩吟如籟發諸天，社慶欣週五八年。交錯杯涵屯嶺月，縱橫筆掃淡江烟。
南瀛日照桃花艷，北市風和鉢韻傳。一例斐亭開勝會，文光萬丈射星纏。

右眼

黃鷗波

牛耳騷壇五八年，宏開勝會客蹁躚。元音鼓吹揚天籟，大雅扶輪契夙緣。
人萃保安宣道統，詩聯全國醉瓊筵。述三詞藻留鴻業，克紹同欣有後賢。

左花

楊嘯天

高飄吟幟稻江邊，社慶欣逢五八年。瀛櫟名齊三鼎足，耆紳人集一城賢。
盛唐詩派崇天韻，左海文光貫斗躔。祭酒寧忘林述老，徽承洙泗廣薪傳。

右花

邱水謨

扶輪大雅仰群賢，吟幟高飄五八年。重整綱常興古道，深盟翰墨寫新篇。
國風有賴騷風振，浩氣長從正氣宣。今日賡詩逢社慶，欣聞天籟奏鈞天。

左四

周植夫

騰譽詞林一幟懸，久鳴天籟踵逋仙。山川依舊詩堪記，甲子將週史待編。
鯤島春來花似海，騷人雲集酒如泉。最欣鄒魯遺風在，鼓吹行看及八埏。

右四左五十五

施學樵

高飄一幟淡江邊，天籟聲揚五八年。太古巢前雲獻瑞，大龍峒上客聯翩。
驚人詞句開新運，報國文章繼昔賢。此日社辰逢盛會，詩星朗朗照吟筵。

左五

陳博山

怪星閃爍照文淵，創社而今五八年。雅集騷人題勝日，飄揚詩幟掛長天。
孔門桃李三千樹，鄴架經書十萬篇。鷗鷺會盟春正暖，儒林風勵憶逋仙。

右五左四十

施勝隆

振起詩風五八年，礪心桃李懋三千。聯吟盛會開全國，鼓吹斯文繫一肩。
抗手名題龍虎榜，抒懷情致鷺鷗緣。飄颺神韻維天籟，黼黻騷壇啓後先。

左六

張國裕

高標一幟稻江邊，律自清泠韻自鮮。學苑光芒唐歲月，騷壇綺麗漢山川。
虎龍吟嘯超前日，旗鼓堂皇繼昔年。社運錚鏘花甲近，書香世第有詩仙。

右六

羅朝海

社運蒸蒸五八年，欣逢盛會共攤箋。聯翩裙屐芝蘭契，藻繪江山翰墨緣。
敏捷才追姜白石，生花筆繼李青蓮。人文同慶鳴天籟，激發心聲氣浩然。

左七

鄭福圳

未許吟風付變遷，一軍獨樹壓空前。鉢敲海月聲迴地，筆捲雲濤句奪天。
曠世性靈追白雪，驚人才調紀青蓮。勵心欣有齋名在，絳帳流徽五八年。

右七左九十六

白再益

堂堂旗鼓聳雲顛，文運宏開五八年。銅鉢詩星昭海月，筆花墨浪蔚江天。
風騷直向三唐繼，韻事遠從兩晉傳。創業緬懷林述老，滿門桃李盡名賢。

左八右十

吳伯陵

高標一幟稻江邊，屈指光陰五八年。詩叶韻聲天有籟，功宣國粹筆如椽。
礪心齋紀多名士，結社人誇盡後賢。此日追懷林逑老，我來與會讀遺篇。

右八

劉福麟

韻賡天籟締吟緣，慶渡良辰五八遷。萬派詩潮隨起伏，千秋國脈共綿延。
山川壯麗金甌固，旗鼓堂皇壘壘堅。一片中興新氣象，卿雲絢爛帽山巔。

左九右三十七

鄭文山

騷壇高築淡河邊，天籟聲喧五八年。扢雅林公勳永著，傷時杜老志相傳。
春風折簡金蘭集，化雨成材砥柱堅。克紹箕裘欣有子，輝煌社運祝延緜。

右九左三十三

詹昭華

宣揚國粹繫双肩，屈指光陰五八年。朗照詩星屯嶺外，高標吟幟稻江邊。
會追逸少千秋重，社繼斯庵一脈傳。此日龍峒盟鷺侶，歡聞天籟響雲天。

左十

郭黃文

闡揚詩教著先鞭，全島聯吟紀昔年。屈指星霜經五八，題襟翰墨有三千。
長宜古訓中庸道，振起心聲大雅篇。天籟菁華欣輩出，蒸蒸社運頌延綿。

左十一

黃時英

高飄一幟稻江邊，欣閱春秋五八年。天籟鉢聲能嗣響，斐亭鐘韻慶長傳。
不期勳業來名世，願借風詩共結緣。文化復興吾責重，未容國粹付塵烟。

右十一　鄭指薪

創立欣逢五八年，祝徵先樂奏鈞天。人才盛壓江名稻，文運宏揚社結蓮。
脫腕詞鋒雄筆陣，趨庭詩教得薪傳。六旬再度稱觴日，準擬重臨醉綺筵。

左十二　李可讀

敲金戛玉句新鮮，檻外飛來大自然。管領詩壇年五八，會盟文甲客三千。
嘔心創社懷逋老，鳴世翹才匹謫仙。逸響長留天籟調，正聲磅礴塞山川。

右十二左三十一　何國揚

保安宮裡會群仙，誌盛欣逢五八年。共振騷風屯嶺外，相邀鷗鷺淡江邊。
礪心好作清新句，抗手爭題雋逸篇。天籟吟壇長屹立，千秋玉壘並巍然。

左十三 許啓櫟

弘揚詩教著鞭先，社慶欣逢五八年。浩蕩雄才天籟淨，淋漓妙句筆花妍。
坫壇名重欽喬梓，鷗鷺盟深仰俊賢。鯤島終期昌國運，聯翩吟望作中堅。

右十三 江俊夫

欣聞社慶萃群賢，末座叨陪我怕先。濟濟英才皆博學，娟娟秀色尚華年。
酒香馥郁沉花氣，詩韻鏗鏘散野烟。勝會於今稱至盛，風騷曠古賴相延。

左十四 林寄華

蓬島昌詩得氣先，鳴和清籟自天然。相親品類經時聚，每見珠璣是處傳。
名重香山推好手，盟深汐社盡高賢。滄桑五十餘年事，一笑尊前亦宿緣。

右十四

林婉芬

高樹吟旌啓後賢，鏗鏘鉢韻響雲巔。天聲合藉詩聲和，社運應隨國運綿。
正氣長涵懷白石，文風丕振效青蓮。起衰幸有人才盛，管領騷壇億萬年。

左十五

陳國興

吟旗飄颺稻江邊，典慶欣逢五八年。蓮社鉢敲追述老，士林風暖法坡仙。
元音丕振衣冠盛，道統宏揚翰墨聯。宮敞保安人薈萃，中興鼓吹筆如椽。

右十五

鄭福圳

人來龍峒續前緣，盛世欣存大雅篇。價重雞林繩白傅，筆摛鳳藻繼青蓮。
三臺文物杯中合，一代騷情海上聯。齋尚勵心逢社慶，鉢聲響徹艷陽天。

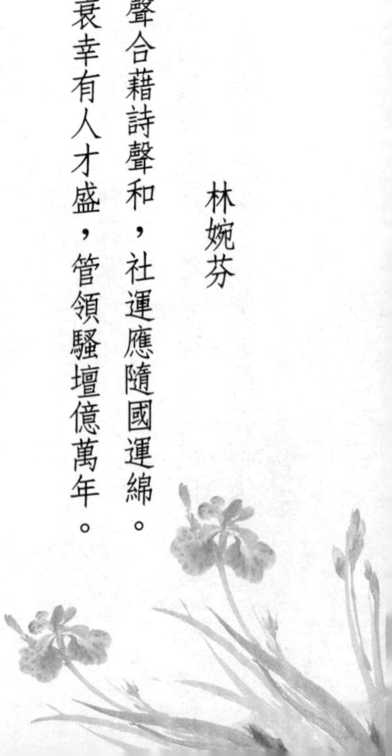

左十六

陳如南

述老文章賴以傳，調高白雪筆花妍。古今絕唱留風雅，起落吟聲雜管弦。
七步八叉誰繼後，籠紗畫壁事空前。不同凡響惟天籟，社運昌隆入錦篇。

右十六左六十五

黃耀德

高標錦幟稻江邊，舒捲文風五八年。珠履有緣賡盛會，江山無恙入佳篇。
元音復旦鳴天籟，正氣重伸養浩然。述老吟魂應可慰，千秋一脈足流傳。

左十七

張天春

社慶欣逢五八年，壇開天籟幟高懸。柬邀鯤島人才聚，會啓龍峒韻事傳。
燈節過時爭捧袂，鉢聲飄處喜攤箋。不虧述老經營苦，詩運蒸蒸歲月綿。

右十七　邱雅琴

會媿南皮韻事傳，社齡五八客聯翩。才誇鳳閣琳琅句，詩詠龍峒錦綉篇。
未喪斯文延一脈，共扶大雅繼千年。心聲勃發同天籟，激濁揚清啓後賢。

左十八　江燦煌

天籟揚名五八年，吟旌高樹稻江邊。襟題翰墨人文盛，句寫清新筆力堅。
韻事長懷班宋艷，風騷不遜晉唐賢。儒林望重老夫子，絳帳流徽萬古傳。

右十八　陳阿江

文旌樹立稻江邊，旗鼓欣聞五八年。宣揚吾道扶輪責，締結騷壇翰墨緣。
人多愛玉揚雄句，我獨敲金杜甫篇。共慶儒風齊振起，蒸蒸社運喜長綿。

左十九右四十六　謝桂森

堂堂社創淡江邊，屈指于今五八年。天籟悠揚標一幟，國魂喚醒負雙肩。
縱橫筆陣風騷振，雄壯詩城壁壘堅。勝會龍峒人濟濟，千秋正氣永相傳。

右十九　楊君達

星霜五十八週年，一社詞華百世傳。有道組成關渡北，昌詩創始稻江邊。
唐音晉韻追前輩，宋艷班香啓後賢。試問此中誰管主，述三父子作中堅。

左二十　劉彥甫

磅礴元音發浩然，交遊喜契鷺鷗緣。吟聲朗朗鳴天籟，社運蒸蒸繼月泉。
劫後詩齡延五八，空前墨客萃三千。東瀛鐘韻南瀛缽，國粹宏揚共勉旃。

右二十　張鏡秋

社運蒸蒸五八年，朗吟天籟韻新鮮。宏開筆陣三唐媲，大振文風一線延。
敏腕才堪追玉局，性靈詩合繼青蓮。稻江流水屯山月，檻外飛來逸響傳。

次唱：駿馬，七言絕句，一東韻
左詞宗：陳皆興先生
右詞宗：陳紉香先生

左元　趙曉東

天生英物氣豪雄，健足飛騰萬里風。冀北古稱多駿驥，于今瀛島出神驄。

右元　鄭　港

千金骨格正追風，鞍上神威振沛公。省識騰驤興漢定，烏騅不逝楚重瞳。

左眼　施學樵

名駒駿骨冠群雄，一騎當前萬騎空。愧我駑駘追莫及，路遙千里望塵中。

右眼　邱水謨

奔馳千里似行空，報主猶能表盡忠。項策烏騅關赤兔，雄姿曾伴兩英雄。

左花　邱錦福

騰驤逐電擅追風，八駿英姿氣勢雄。一躍中原收失土，霜蹄蹴處慶成功。

右花　黃天補

快如閃電與追風，踠足神奇自不同。謾道相皮兼相骨，伯樂慧眼識名驄。

左四　翁廷山

似龍壯志疾追風，英物爭雄萬里中。天降神駒原不易，河山收復立奇功。

右四左七十六　羅俊明

如同赤兔英姿猛，不遜烏騅壯志雄。八駿八龍堪比美，神州克復建豐功。

左五　蔡澄玉

一朝千里勝追風，血戰沙場志不窮。漫道穆王誇八駿，神駒名振冠瀛東。

右五　陳福助

奔騰萬里氣如虹，長伴英豪殺敵雄。迥異駑駘甘伏櫪，中原一躍建奇功。

左六　林仲箎

憶昔嘶風冀野中，絕塵枉自志豪雄。幸逢伯樂真知己，終立沙場百戰功。

右六

征程萬里任西東，昂首飛騰氣勢雄。龍種天生誇八駿，兆年喜看國昌隆。

吳伯陵

左七

昂首長鳴冀北空，飛黃矯健氣如虹。相看追電衝風去，恍如貔貅十萬雄。

左達五

右七

奔騰逐電似追風，誰識良駒氣象雄。他日天時隨地利，干城伴你建奇功。

鄭晃炎

左八

馳騁驊騮一樣雄，莫須遠勝五花驄。願教踏碎胡塵日，不讓三軍獨建功。

陽中子

右八

李隆榮

不與凡駒伏櫪同，四蹄展處凜雄風。即今冀北驊騮少，一躍臺澎建偉功。

左九

林攀桂

志壯烏騅堪破陣，名奇赤兔擅追風。神駒應合消烽火，踏碎胡塵建偉功。

右九左卅七

陳錫雄

何堪伏櫪失英風，百戰曾經立汗功。老驥猶懷千里志，不容鐵駟獨稱雄。

左十

張振聲

英物天生迥不同，虎胸麟腹氣如虹。王師直指中原日，豈讓三軍獨建功。

右十

驥子龍文種不同，伯樂善相野群空。昭王市骨千金價，天下良駒拜下風。

施勝隆

左十一

逐電頻嘶萬里風，龍孫壯志豈爭雄。長驅待聘中原日，願建收京第一功。

莊鑑標

右十一

神駒自古配英雄，馳騁沙場建偉功。制敵堪誇揚萬里，驫如逐電駛如風。

江燦煌

左十二

神駿如龍氣貫虹，霜蹄逐電又追風。衝鋒陷陣沙場裡，盡為英雄建偉功。

鍾淵木

右十二

蔡秋金

千里追風赤兔同，沙場奮發建豐功。神駒至竟通靈在，禍福何須論塞翁。

左十三

王友芬

逐電神駒冀北空，嘶風向月羨爭雄。南來莫漫悲脾肉，待策中原百世功。

右十三左六十八

游象新

奔馳如電又如風，百戰沙場壯志雄。莫怪黃金求市骨，干城曾賴汗勞功。

左十四

江俊夫

捲雲踏雪勢追風，昂首長鳴氣貫虹。躍馬中原期有日，沙場萬里立奇功。

右十四　王鏡塘

異種天生氣吐虹，一鞭壯志怒嘶風。神駒品格非凡骨，昂首長鳴待建功。

左十五　周植夫

萬里馳驅孰與同，霜蹄一蹴可追風。他時收復中原日，不讓沙場上將功。

右十五　李長春

龍驤壯志氣如虹，百戰沙場建大功。德力双全歌赤兔，千秋扶漢仰英風。

左十六　陳珮綸

踏雪穿雲神俊逸，追風逐電氣豪雄。行看跨海奔騰日，復國聲威建偉功。

右十六左十七

果真九逸御行空，大降神駒氣貫虹。已識孫陽千里駿，冲鋒破敵顯威風。

陳鏡勳

右十七

一鞭蹀跡善追風，千里馳驅赤兔同。如果伯樂今尚在，神駒入眼豁心衷。

曾煥灶

左十八右一百

天生異物氣如虹，踏遍胡塵屢建功。今古名駒誇赤兔，助關破敵冠群雄。

呂綿連

右十八

日行萬里去如風，能立沙場汗血功。自古千金傳市骨，不知辜負幾英雄。

許成章

左十九　　鄭強

馳驅玉勒疾嘶風，價重雄圖汗馬功。一躍中原收失土，神駒駕馭待元戎。

右十九　　陳根泉

名駒自古惜英雄，一躍中原百戰功。我愛如龍稱八駿，至今猶憶漢威風。

左二十右五十八　　林婉芬

冀北驅馳認玉驄，虎胸麟腹勢追風。前途萬里精神振，踏破胡塵建大功。

右二十左三十一　　鄭春發

騰驤萬里可追風，曾助英雄建大功。血汗沙場名不朽，九龍八駿至今崇。

天籟吟社創立六十週年聯吟大會

主　辦：天籟吟社

首　唱：慶祝天籟吟社創立六十週年，七言律詩，限十一尤韻

日　期：民國六十九年（1980）十月廿六日

地　點：台北市大龍峒王祖厝

左詞宗：郭茂松先生

右詞宗：譚雪影先生

左元右九六

蔡秋金

詩吟天籟韻悠悠，孕育菁華繼魯鄒。鐵板銅琶傳大調，韓潮蘇海會名流。
詞源盡匯三江水，藻采容標五鳳樓。萬世基從花甲起，春風化雨不知秋。

右元左卅二

郭淵如

社慶欣逢六十秋，吟旗高卓淡江頭。淋漓筆落騰蛟鳳，俊采星馳萃鷺鷗。
天籟欲追唐格調，詩懷不減晉風流。逑三儒雅傳鯤島，鄒魯遺徽萬古留。

左眼

蔡富玉

屯山風月淡江秋，六十星霜燕翼謀。櫟社以還堪刮目，蘭亭而後數從頭。
繞樑有韻傳天籟，醒世無邪痛國仇。祭酒追懷林逑老，古今詩史合同留。

右眼左五九

邱錦福

社運昌隆甲子周，聯翩裙屐集名流。筆揮蓬島驚神鬼，鉢響王祠徹斗牛。
愛國詩吟追李杜，匡時句警邁曹劉。述三創起斯文振，天籟清音萬古留。

左花

林鳳珠

年登耳順萃吟儔，北轍南轅續舊游。矯俗有詩皆豁達，敲金無句不風流。
滿堂逸韵追唐宋，曠代騷章蓋斗牛。高會我來欣附驥，述公雅事溯從頭。

右花

鄭福圳

社逢花甲集吟儔，筆挾風雲展大猷。國粹賡延揚正氣，元音振起抵中流。
三台文物追摩詰，一代騷情繼陸游。今日王祠盟鷺侶，詩鳴天籟壯千秋。

左四右五七

蔡資穗

巍巍一社矗瀛洲，六十星霜紀唱酬。鉢韻直敲屯嶺月，筆鋒橫掃淡江秋。
人存忠孝聲尤壯，詩自清新韻欲流。別有風行天籟調，江山管領孰能儔。

右四

廖榮貴

高飄吟幟淡江頭，王氏宗祠萃鷺鷗。天壽騷人花甲慶，籟搖鯤宇鉢聲悠。
文章振起追韓愈，風雅扢揚效陸游。詩頌述三欣有繼，宏開社運復神州。

左五

曾人口

吟幟高標契鷺鷗，騷風鼓吹砥中流。賡詩創社逢花甲，舉盞開懷醉菊秋。
古道式微儒道挽，先生俊逸後生優。無邪韻喜鳴天籟，喚醒黃魂復九州。

右五左十二　陳子波

同聲相應氣相求，社結屯山甲子周。地既鍾靈人亦秀，天原有籟韻長流。
追承矩矱尊元白，繼起風騷萃鷺鷗。會勝南皮逢盛典，中興鼓吹復金甌。

左六　賴雲龍

扢雅揚風聚鷺鷗，名標天籟韻悠悠。觴稱甲籙開吟讌，歲值庚星入選樓。
屈子文章存一念，逋仙姓字自千秋。會逢卅五重光慶，樂對槐堂禊事修。

右六　洪玉璋

吟旌高樹淡江頭，勝會宏開狎鷺鷗。籟社敲詩皆俊秀，騷壇鬥句盡風流。
起衰素志師韓愈，愛國丹心效陸游。六十星霜功不泯，述三氣節足千秋。

左七

黃進文

堂堂旗鼓吉雲浮，建社欣逢六十周。鐵鉢敲開關渡月，文星照遍網溪秋。

年翻甲子昌詩運，輩出人才盡俊儔。朗朗吟聲聞四海，匡時匡國繼韓休。

右七

張柏根

天籟聲華震九州，會開甲子慶重周。黃魂喚醒唐風振，白雪歌賡漢祚悠。

宋艷班香勞採擷，蘇潮韓海賴交流。三千客盡探驪手，烱烱文光射斗牛。

左八右卅四

范根燦

創立欣逢六十秋，論功述老拔其尤。奇才吐鳳幽中得，妙手探驪象外搜。

蓮社清吟增藻繪，斐亭韻事擅風流。扶輪大雅欽天籟，愛國心聲繼陸游。

右八　　顏大豪

甲子重周開勝會，蒸蒸社運喜添籌。人文薈萃三唐盛，風雅匡扶八代悠。
高舉金樽懷逑老，雄揮彩筆紀名流。宏揚詩教吾儕責，振起黃魂復九州。

左九　　林欽貴

吟幟高標帽嶺陬，弘揚國粹展新猷。一堂名士招元白，萬丈光文貫斗牛。
鉢韻悠揚天有籟，詩情橫溢酒盈甌。緬懷逑老饒風雅，絳帳遺徽六十秋。

右九　　邱水謨

高飄吟幟稻江陬，天籟嚶鳴甲籙周。摛藻手欣扶大雅，凌雲筆可砥中流。
心維古道綱常整，詩咏新聲翰墨收。喬梓騷壇牛耳執，蒸蒸社運足千秋。

左十　宋慶國

四海歸心為國謀，飄搖風雨勵同舟。壽徵周甲歡酬唱，詩紀逢辰集鷺鷗。
洛社耆英傳韻事，瀛洲盛會萃名流。中興鼓吹斯文繼，大漢天聲震九州。

右十　范雙喜

社慶欣逢六十秋，騷壇喜結鷺鷗儔。鉢聲嘹喨迴天地，文筆光芒射斗牛。
濟濟衣冠開勝會，堂堂旗鼓壯鴻猷。我來附驥耽佳句，誌盛如登五鳳樓。

左十一右廿九　劉嘯廬

天籟欣傳甲已週，崢嶸壇坫更誰儔。風騷詩國真能衍，事業名山喜共修。
白社尚堪箴末俗，彩毫寧忍負高秋。稻江原有群賢在，合與蓬瀛作選樓。

右十一

廖繼敏

天聲鳴盛契吟儔，社慶欣逢甲子週。激起騷風揚大雅，嘔殘心血盡名流。
元音磅礴宣遐邇，鉢韻鏗鏘貫斗牛。勝會宏開于此盛，定知逸響繼千秋。

右十二左九三

曾兆春

卓立吟旌六十秋，滿門桃李展新猷。尼山聖教傳千古，魯殿靈光耀九洲。
端賴英賢扶大雅，方能風雨濟同舟。八方冠蓋爭歌頌，盛況空前互唱酬。

左十三

李玉水

元音響徹稻江頭，盛典宏開甲籙周。會繼南皮爭吐鳳，樽傾北海好盟鷗。
文瀾有幸承洙泗，筆氣無邪貫斗牛。逸韻端從天籟發，述三勳業世長留。

右十三　林謙庭

欣逢社慶萃群鷗，六秩騷風正氣留。詩友敦槃聯一脉，鉢聲響喨震全球。
文章魄力追蘇軾，翰墨因緣繼陸游。濟濟衣冠扶大雅，宏揚國粹盛千秋。

左十四右四八　陳輝玉

韻鳴天籟聽悠悠，幟捲騷風第一流。社慶欣逢花甲日，詩聲共剪稻江秋。
尊翁絳帳栽桃李，哲嗣吟壇契鷺鷗。鼓吹中興同有責，縱横筆陣復神州。

右十四　張清霖

重翻甲子慶逢週，社運蒸蒸瑞氣浮。詩教宏揚追李杜，儒風丕振媲蘇歐。
人瞻南港飛霞鶩，跡寄北台醉鷺鷗。鄒魯遺徽天籟繼，斯文一脈足千秋。

左十五

郁若翰

風揚天籟志相投，牛耳詩盟萃鷺鷗。激起元音揚正氣，嘔殘心血砥中流。
龍峒翰墨金蘭契，鯤海珠璣鐵網收。創社於今周甲子，騷魂磅礴壯千秋。

右十五

洪達儒

社運蒸蒸百世悠，高飄吟幟稻江頭。起衰有待三千士，鳴盛無邪六十秋。
賓主聯歡詩競唱，鷺鷗乘興酒頻投。功歌述老揚天籟，共策還都定九州。

左十六右五六

林文彬

絳帳薪傳甲子周，堂皇慶典萃名流。一時藝苑毛詩鳳，六秩騷壇耳執牛。
詩幟影翻屯嶺月，鉢聲響度淡江秋。怪星逸韻揚天籟，萬丈光芒耀九州。

右十六

天籟心聲達九州，翩翩裙屐盡名流。江山無恙聯翰墨，聲氣相投萃鷺鷗。
六十星霜欣社慶，五千歷史索詩求。鉛刀敢比生花筆，遺海珠憑鐵網收。

王福祥

左十七

吟幟高飄壯遠猷，欣看天籟儘名流。人文薈萃三台冠，風雅匡扶一甲周。
翰墨有緣參盛典，河山無恙共盟儔。宏揚詩教吾儕責，重道尊師拜孔丘。

李長春

右十七

創社欣逢桂爽秋，詩人雅集樂悠悠。聯珠唱玉多高士，振藻揚葩盡一流。
祇有鴻文緜世澤，豈無駿業耀山陬。茂松雪影鳴天籟，老幹青枝節更虯。

歐陽靜

左十八右卅七

李客夢

國粹宏揚六十秋，堂皇盛況耀瀛洲。揮毫吐鳳雄心振，擊鉢雕龍壯志酬。
藻思琳琅追李杜，襟懷湖海仰韓歐。文風陣陣欽天籟，喚醒黃魂復九州。

右十八

林秀青

重翻甲子慶逢周，戛玉敲金互唱酬。天籟自鳴揚正氣，騷壇扢雅萃名流。
潛心創社懷林老，愛國賡詩紹陸游。淡水情深聯翰墨，南皮勝會繼千秋。

左十九

吳子健

社運蒸蒸六十秋，群英薈萃稻江陬。江山藻繪聯稽阮，海國衣冠秉漢周。
會繼月泉風教振，詩敲天籟鉢聲悠。述三雅韻傳千古，萬丈文光射斗牛。

右十九

徐偉元

勝會欣逢屆九秋，天公祠畔萃名流。靈犀一點通天籟，豪氣千鈞狎鷺儔。
終古騷風宗孔孟，滿懷詞句效曹劉。蹁躚裙屐賡花甲，誌盛同登百尺樓。

左廿右六九

葉青華

壇坫宏開六十周，淡江薈萃盡名流。承先啓後開新運，扢雅揚風展壯猷。
鷗鷺聯盟尋舊約，膽薪勵志賦同仇。中興鼓吹憑詩教，還我河山復九州。

右廿

陳焙焜

鳳曆初還德望悠，礪心齋譽滿瀛洲。桃箋壽社聯翰墨，菊酒張筵宴鷺鷗。
鉢韻敲殘屯嶺月，詩聲響徹淡江秋。共歌天籟功勳著，述老精神震九州。

天籟吟社創立六十週年聯吟大會

主　辦：天籟吟社
次　唱：龍吟，七言絕句，限八庚韻
左詞宗：李可讀先生
右詞宗：陳子波先生

左元右四九　　黃志隱

四靈居首御雲行，現瑞蓬萊伴鳳鳴。六十年來揚國粹，吟成天籟振天聲。

右元　　黃立懋

前身為鯉卻非鯨，江海形潛自在行。誰識水晶宮裡事，高吟昕夕是無聲。

左眼

陳福助

五采圖浮瑞氣生，噓雲佈雨作雷鳴。自非潛伏池中物，一躍飛天兆聖明。

右眼

陳紉香

雲衢萬里訝雷鳴，軼事真人記點睛。逸響竟隨天籟發，隨風縹緲伴吟聲。

左花

施少峯

雲間神物兆祥禎，韻挾風雷發正聲。喚醒國魂龍種貴，更教霖雨濟蒼生。

右花左六十

林榮生

驅遣風雲作甲兵，天生神物忽雷鳴。如聞天籟諸天響，調叶霓裳譜太平。

左四右十九 李勝彥

見自無形聽有聲，不同瓦釜作雷鳴。漢家兒女皆龍種，待發元音唱太平。

右四 汪 洋

噓氣成雲眼底生，老龍慣作不平鳴。世人皆醉幾時醒，長嘯一聲天地驚。

左五右五七 沈雪芝

夜起清音入耳鳴，騰空變化怒濤生。冲天壯舉興雲雨，藉洗烽烟奠太平。

右五 施文炳

驅遣風雷氣未平，待興霖雨濟蒼生。中興有兆傳天籟，一嘯居然震八紘。

左六

梁秋冬

風雲從舉作雷聲，石破天驚在一鳴。熱血滿胸憑朗誦，龍人後裔有誰京。

右六

李慧琴

得意欣從鯉化成，偏教清嘯震鯤瀛。悠揚恰似鳴天籟，喚醒黃魂仗此聲。

左七

葉景揚

神物原來護聖明，自從化劍每長鳴。即今蓬島風雲會，一嘯如雷見太平。

右七

郭湯盛

名冠四靈人共貴，聲聞八表世同驚。長吟足使山河動，喚起黃魂復兩京。

左八　范文欽

從雲駕霧起雷轟，虎嘯堪同四海驚。龍種中華欣有繼，騷人大漢振天聲。

右八　張柏根

見尾無如見首明，九天一嘯虎狼驚。風雲此日憑驅遣，華夏千秋慶太平。

左九　蘇子建

禹門魚化角崢嶸，吐句悠揚引鳳鳴。喚醒黃魂存正氣，共扶大漢發天聲。

右九左七三　詹昭華

分明神物韻幽清，不是高崖虎嘯聲。且喜一吟同鳳噦，祥徵海表慶昇平。

左十右三八　廖育麟

身披鱗甲角崢嶸，一嘯雲端發正聲。震地掀天鳴盛世，中興瑞兆見昇平。

右十左廿七　林惠民

見尾無如見首明，漫天風雨迅雷鳴。願教虎嘯聲相應，喚醒黃魂復兩京。

左十一　劉彥甫

覓句探驪得意鳴，發揚大漢振天聲。雄飛不作池中物，變化何須待點睛。

右十一　黃天補

翱翔雲漢起長鳴，符合乾綱振八紘。利見大人昌國運，甲藏霖雨濟蒼生。

左十二右五二　李玉水

醒世欣聞第一聲，禹門躍後角崢嶸。鳴如天籟徵祥瑞，社運蒸蒸國運亨。

右十二　許啓櫟

噓氣成雲蟠屈曲，吸波傾海舞縱橫。長吟恍似聞天籟，龍裔毋忘振漢聲。

左十三　廖榮貴

風舉雲從虎嘯爭，豪吟浩氣化雷鳴。述三創社嗣能繼，牛耳騷壇發正聲。

右十三　鄭指薪

呼嘯聲疑子晉笙，騰空吸霧駕雲行。倘教破壁冲天去，應和高崗彩鳳鳴。

左十四

郭淵如

九宵昂首作長鳴，萬里雲從雨意生。聲叶中興徵國瑞，豪吟我亦喜同賡。

右十四左四一

蔡富玉

勢欲從雲氣自生，噓如天籟發心聲。元音濁世誰能識，不似人間瓦釜鳴。

左十五

林奇峯

禹門神物角崢嶸，一發吟威百獸驚。藉此風雲欣際會，龍峒此日壯詩盟。

右十五左十八

陳炎正

一嘯雄風撼八瀛，九天飛舞動雲程。中原儘有甘霖切，起陸何時靖甲兵。

左十六　　劉進文

海表飛騰萬里程，葛陂杖化作雷鳴。探驪難得驚人句，嘯傲風雲發正聲。

右十六　　蔡鐵雄

萬籟如雷萬類醒，騰雲降雨拯蒼生。何當音遞神州去，鐵幕衝開慶太平。

右十七左九九　　劉慶榕

雲從是處挾濤聲，似向人間訴不平。現首知君應有意，豈同瓦缶作雷鳴。

左十八右九三　　鄭安邦

隱挾風雷奮一聲，悠揚音韻十分明。何如杯酒稽康嘯，天籟清高有令名。

右十八　　譚雪影

元神噓氣化雷鳴，駕霧騰雲幻象生。喚雨呼風千萬里，威靈赫赫嘯歌聲。

左十九　　施文炳

朗朗乾坤一嘯清，興雲霖雨濟蒼生。悠揚天籟千秋壯，靈物豪吟盡正聲。

左廿　　周希珍

天教天籟發天聲，泣鬼驚神韻獨清。海表騰身徵瑞象，雲間嘯咏兆昇平。

右二十　　黃進文

一躍天池發正聲，韻和鳳管與鸞笙。願祈變化為霖雨，潤遍郊原草木榮。

天籟吟社八十週年慶全國詩人聯吟大會

公元二〇〇〇年四月廿三日於松山奉天宮舉辦

詩　題：奕世詩聲，七律，東韻

天詞宗：林鳳珠女史

地詞宗：陳俊儒先生

人詞宗：吳振聲先生

元：天96地84人99　黃麗妃

弘文三代祖孫同，八十年來頌偉功。續命傳燈偏剴切，叶聲調律更玲瓏。
天心獨耀揚天籟，國步維艱振國風。最愛春江花月夜，吟哦典範冠瀛東。

眼：天89地91人88　陳福裕

勵心齋苑道無窮，八秩耕耘壯海東。一匾殊榮留偉績，三朝極積著豐功。
最難亂世興文學，不負騷壇護典風。國裕肩承天籟社，詩聲奕響稻埕空。

花：天100地82人75　黃錠明

八十年間社譽隆，礪心桃李笑春風。譜涵南國殊方外，調入蘭亭曲水中。
閒藉絲紘傾肺腑，屢邀壇坫競豪雄。詩聲別具金徽韵，天籟宜遵第一功。

四：天93地78人85

黃宏介

社開天籟紀林公，三代傳薪譽獨隆。滋潤民心弘教化，匡扶國步樹勳功。
讀吟並重騷壇仰，聲律分明鷺侶崇。一曲春江花月夜，至今處處唱猶同。

五：天69地避人96

陳俊儒

春秋八秩稻江東，一社成名力啓蒙。有口皆碑天籟調，無詩不頌聖人風。
元音似喚尼山德，逸韻如爭汨水功。全島伊誰膺省匾，至今人憶述三公。

六：天55地100人90

鄭世珍

春江花月起吟衷，天籟詩聲響碧空。使命薪傳賡漢學，礪心帳設復唐風。
元音磅礴儒林譽，六藝精嫻聖道崇。鉢韻錚錚迎八秩，騷朋高頌社興隆。

七：天97地50人97

吳東源

弘揚大雅幟摩空，累世昌詩鉢韻隆。晨闈群書明奧理，夜申六義啓鴻濛。
礪心未讓鵝湖美，天籟堪追鹿洞風。八十年來聲教振，北臺文化著奇功。

八：天57地88人83

劉福麟

儒林早已勵詩風，八十年來韻律融。不輟心聲延使命，維承志業秉初衷。
昂揚逸韻情猶摯，磅礴元音氣亦雄。一社詩鳴天籟調，千秋景仰述三翁。

九：天86地80人54

陳堂仕

子孫交代德聲隆，奕世元音震碧穹。賦就珠璣紛錯落，詩諧韻律響丁東。
當年創社樓修鳳，此日留題爪印鴻。樂曲高昂天籟調，維承跨灶繼三公。

十：天51地76人91

陳曉菁

共鳴天籟響丁東，八秩扶輪社有功。奕世徽承班宋艷，名家禮洗晉唐風。

書聲朗與詩聲妙，心曲欣隨樂曲工。薪火相傳三代盛，景從文德共尊崇。

十一：天54地61人95

蔡元直

西河夫子導吟功，天籟詩聲奕世隆。角羽宮商音叶律，抑揚頓挫調符衷。

社登八十開新運，客迓三千紹古風。最是春江花月夜，譜成教義韻無窮。

十二：天49地85人73

陳啓賢

社名天籟運昌隆，國學宏揚建厥功。已播詩聲鯤海外，早標吟幟稻街中。

傳薪設帳鳴新調，衛道匡時尚古風。八十週年桃李盛，騷壇奕世仰林公。

十三：天 74 地 81 人 47　洪玉璋

三代傳承壯海東，林家絕調許誰同。繼吟桃李成才俊，獻唱壇壝啓聵聾。
八秩以前懷創社，千秋而後獲褒功。最難不輟揚天籟，聽者心甘拜下風。

十四：天 98 地 47 人 53　彭圭璋

天籟怡情調燦虹，吟聲繚繞嘯長空。靈通有韻絃笙逸，筆正無邪律絕工。
詩可以興匡大雅，學仍不止挽頹風。薪傳一脈斯文振，社運欣同國運隆。

十五：天 53 地 56 人 87　蔡淑女

稻埕自古尚儒風，吟幟高飄蕩碧空。齋創礪心開首頁，社推天籟繼前功。
三朝覓句詩聲壯，八秩攤箋筆陣雄。全國聯吟隆盛典，元音磅礴震瀛東。

十六：天66地90人39　劉金城

調吟天籟徹長空，悅耳怡情氣貫虹。會繼南皮揚北市，詩賡楚韻倡唐風。
匡時不負傳薪志，矯世兼興報國衷。大道式微今再振，張翁國裕史留功。

十七：天92地42人52　李珮玉

興黌筆路述三公，一脈傳薪德譽隆。絳帳生員承世代，儒林士庶徧西東。
唐詩吟誦聲無輟，漢學薰陶味永同。天籟音揚齡八十，文心再勵振騷風。

十八：天94地83人0　徐石蟳

築壇歲月杖朝同，六義精研尚國風。樑繞天聲天發籟，律旋鉢韻鉢敲銅。
礪心齋設傳三代，絕調詩吟蓋眾雄。奕世父書留子讀，一樓墳典棟堪充。

十九：天79地0人94

黃秀境

幟聳丹霄傲海東，長懷創社述三公。八旬振鐸綱常振，一志昌詩道德隆。
天籟調吟搖海嶽，草堂韻繼麗商宮。儒林風勵頒榮譽，代代薪傳氣吐虹。

二十：天76地0人93

許欽南

一鳴天籟淡河東，奕世騷風繼國風。抱志傳經懸馬帳，勵心設塾近龍峒。
遏雲古調元音振，報國豪歌正氣沖。社創八旬懷述老，最紅絕唱滿江紅。

天籟吟社九十週年聯吟大會

二〇一〇年十月卅一日於松山奉天宮

天籟吟社九十週年慶聯吟大會對聯

鐘鉢迓嘉賓，創社九旬開盛會；
菊萸留勝概，攤箋半日作豪吟。
張國裕　敬撰

會啓松山，衣冠薈萃三千客；
調吟天籟，風雅傳承九十春。
楊維仁　敬撰

詩　題：風勵儒林，七言律詩，限十一真韻。
天詞宗：陳榮弫先生
地詞宗：蔡中村先生
人詞宗：蔡元直先生

第一名　　紀振聲

高飄一幟淡江濱，天籟昌詩九十春。風勵儒林揚道統，筆凌翰苑正彝倫。
元音丕振盟鷗鷺，國粹弘宣起鳳麟。功頌述三開社祖，騷壇祭酒仰賢人。

第二名　　陳進雄

社慶欣逢九十春，會開松嶺鷺鷗親。調吟天籟懷文德，鉢响儒林憶錫麟。
桃李滿城風偃草，祖孫三代火傳薪。礪心齋溯師恩在，作育英才惠世人。

第三名

洪玉璋

礪心齋創紀艱辛，九秩星霜繼有人。三代授徒功奕世，四時弘道德殊倫。
詩聲不輟盟鷗鷺，文運長亨出鳳麟。風勵儒林榮得獎，更期大雅志扶輪。

第四名

陳水金

天籟悠悠別有神，林公創社力傳薪。礪心化俗三綱固，正氣揚風六義申。
譽滿騷壇功顯赫，調存學院韻清新。年經九秩芳徽遠，勝會詩聲壯大鈞。

第五名

王命發

創社興吟九十春，礪心齋上廣扶輪。弘儒設帳追文德，衛道揚風憶錫麟。
機杼一家功奕世，祖孫三代力傳薪。但聞天籟天聲響，入耳伊誰不入神。

第六名

鄭美貴

儒學相承九十春，調傳天籟共扶輪。稻埕懸帳文風佈，藝苑催詩士氣伸。
三代宏宣周禮樂，一心廣化漢精神。省頒匾額留青史，社慶兼酬獻頌頻。

第七名

紀麗娜

述三創社火傳薪，一幟高飄九十春。擊鉢敲殘屯嶺月，題襟筆掃淡江塵。
雅揚翰苑盟鷗鷺，風勵儒林萃鳳麟。奕世詩聲天籟調，清音悅耳韻和勻。

第八名

吳榮鑾

吟旗搖曳稻江濱，天籟詩鳴九十春。振鐸傳經龍鳳起，燃藜授業鷺鷗親。
瀾翻鯤海詞源壯，價重雞林社譽臻。緬憶前賢垂典範，述三懋績孰堪倫。

第九名

鄧華杰

天籟馳名九十春，元音磅礴挽沉淪。瀾掀學海師賢聖，風勵儒林起鳳麟。
復古詩聲追子美，起衰文運紹靈均。祖孫三代培桃李，藝苑欣欣雨露臻。

第十名

陳麗華

奕世詩聲起鳳麟，始從義塾廣傳薪。儒林闡奧功何偉，學海揚風道可親。
天籟元音終不輟，陽春妙曲久彌新。讀吟並重今猶昔，一脈斯文九十春。

第十一名

王前

潛移默化志傳薪，奕代維承憶錫麟。社創北台登九秩，調推天籟合千春。
韻揚海嶠騷魂壯，聲振元音正氣伸。風勵儒林文譽重，相期奮起挽沉淪。

第十二名　林　顏

天籟揚風慶九旬，礪心齋設稻江濱。祖孫三代元音佈，鷗鷺同堂六義伸。
振鐸弘文周禮樂，燃藜授業孔精神。承先張老儒師範，譽滿騷壇樂道津。

第十三名　陳千金

奉天宮慶聚書紳，喜賀昌詩九十春。淨化邪氛安社稷，匡扶聖道展經綸。
宏揚國粹英才育，勵振文風正氣伸。不輟元音傳奕世，儒林一脈史彌新。

第十四名　劉富美

莘莘士子質彬彬，風勵儒林法聖人。天籟調吟詩矯俗，礪心齋設火傳薪。
授徒師傅維三代，創社星霜歷九旬。一闋春江花月夜，飄揚樂府出紅塵。

第十五名　　洪政男

戮力耕耘九十春，三公設帳樂傳薪。尼山道業千秋範，天籟詩聲奕代珍。
振世匡時培後秀，栽桃育李繼先人。府頒風勵儒林匾，喚醒騷魂壯志伸。

第十六名　　陳碧霞

吟幟高擎九十春，勵心齋育棟樑甄。弘宣正氣承東魯，激發元音邁楚臣。
述老薪傳桃李秀，諸生盟結鷺鷗親。儒林一匾千秋譽，天籟詩聲弈世珍。

第十七名　　李武良

創社興詩九十春，三公勛勵挽沉淪。韻揚天籟人文蔚，學振儒林翰墨臻。
得仰龍頭心有幸，能攀驥尾感彌珍。傳承三代謳歌頌，活躍騷壇起鳳麟。

第十八名　林麗惠

旗飄九秩慶庚寅，天籟元音奕世新。風勵儒林敦翰墨，脈承聖道奮精神。
讀吟並重詩詞麗，律韻專研樂曲珍。裊裊春江花月夜，礪心化俗志同伸。

第十九名　陳國威

祖孫三代共扶輪，九十年來孰與倫。漢學宏揚詩紹孔，天聲鼓吹筆誅秦。
興文亂世盟鷗鷺，護典騷壇起鳳麟。勉勵儒林光聖教，尊崇國裕大功臣。

第二十名　鄭素玉

卓幟昌詩聖教伸，年周九秩更精神。林公啓後人才秀，張老光前社運新。
一曲春江傳奕世，數聲天籟壯洪鈞。揚風扢雅盟鷗鷺，磅礴元音響四垠。

編者說明：本社二〇〇五年十月二十日舉辦八十五週年社慶詩人聯吟大會，優選作品收錄於楊維仁主編《天籟新聲》，萬卷樓圖書公司二〇〇七年三月出版。

社員詩作選輯

張國裕《國裕詩稿》

敬賀姚啓甲先生榮任扶輪社總監

巨賈才華國士風，三千偉業譽西東。扶輪更抱書香雅，縱筆尤欽氣象雄。
處世關懷臻海外，平生服務遍寰中。欣逢總監榮膺慶，致賀兼謳內助功。

松社八十周年社慶

錫口興詩大纛擎，年周八十喜敦盟。良辰扢雅亭追斐，勝地聯吟社契瀛。
桂影留輝香亦淨，松陰覓句韻尤清。光前濟濟欽多士，奮續風騷發正聲。

詩酒慶歸寧（李玉水先生長女歸寧詩會）

出閣三朝敞綺筵，省親偕婿女初還。紅勻半靨花容艷，翠染雙眉柳色妍。
十里春風嬌作客，滿堂舊雨醉稱仙。群鷗祝賀歸寧日，斗酒猶思賦百篇。

春耕

農忙二月趁晴陰，叱犢聲隨好鳥音。吾有硯田勞筆舌，但培桃李盛書林。

雪夜

玉屑深宵遍地鋪，三分白勝惱林逋。為詢皎潔程門月，曾照生徒肅立無。

扇

蒲葵青翠素紈輕，長夏驅炎一柄清。持向東南軍百萬，指揮瀟灑破精兵。

冬日雅集

臘鼓催詩萃眾儒，興吟九十慶懸弧。欣看盛會鷗盟聚，笑問山容入睡無。

歐陽開代《開代詩選》

椰城差旅感懷

南斗燦椰城，秋樓冠蓋盈。胡姬荒野綻，榴果異香驚。
暴雨滋災難，華商結友盟。且拋煩雜事，燈下共詩鳴。

庚寅年華新電通春酒感言

庚寅眾傑集庭園，外冷堂溫互賀喧。春日村田伸稻麥，虎風鶴氣好兒孫。
玉山雪瑞蓬萊逸，海峽波平寰宇敦。相聚有緣珍此會，同馳天下若仲昆。

迎庚寅年

百歲人生短也長，耆翁春晚燕鷗翔。庭卉縱疎琴瑟在，半耕半讀逸夕陽。

友情

出入紅塵笑面迎，小心應對七分呈。人間我重金蘭誼，助與分憂惟此情。

耄歲回顧

無常風雨屢傷春，有淚梓桑恒蔭人。籟靜二更望逝水，流長陳雪化芳茵。

命

碧閣芬庭滋綺夢，蕨薇寒舍傲清閒。龍騰虎落奚天命，多少悲歡一念間。

時局

紅葉台踈宋土思，綠珠何在庶黎悲。哀嘆秦檜朝權握，河洛重歸瘴氣瀰。

葉世榮《奕勛吟草》

春水

萬頃烟波淑氣冲，暖知鴨戲樂融融。蘭橈激起桃花浪，草岸吹來楊柳風。
鳥瞰山青流水綠，雞鳴天白豔陽紅。江平瀲可當殷鑑，今古忠奸此照中。

亂世

邪惡橫行濫禍根，善良百姓苦生存。實施重典民求治，貽害貪官獄陷冤。
節義孝忠多漠視，亂神怪力造謠言。莫分黨政先謀國，內洽方能固外垣。

長青松柏壯貂山

貂嶺藏龍氣吐虹，萬年鱗幹蔚蒼葱。榮枯歷劫標高節，梁棟成林造化功。
澤遍雙溪流雅韻，光輝九秩展詩風。山明水秀青難了，社運蒸蒸日正中。

冬日雅集

朝陽可愛萃群儒，美盡東南與不孤。天氣雖寒情更熱，三千騷客席無虛。

台北圓山

自古圓山景色奇，而今高架似行棋。交通雖好風光損，策失雙全憾已遺。

選舉感懷二首

賢能選舉痛心違，結黨招朋總自肥。天下為公誰實踐，反教賄幣滿天飛。

其二

參政奇哉問鬼神，有無勝任服人民。文忠行信培才俊，理性論壇笑語親。

姚啓甲《啓甲詩鈔》

龍吟新聲

從雲吟韻壯，長詠律和聲。匡世聞新調，感時懷故情。
欣能仙樂協，且待雅音鳴。鼓舞中興象，弦歌早滿城。

安定

大廈如傾怎不憂，棟梁扶正必勤求。期看兩岸飄和氣，深盼多方有善謀。
更喚歸仁名利客，重投行道聖賢儔。安居至德何時現，立禮興詩指日酬。

母親節感言

此日萱花特地嬌，北堂思報趁風潮。兒孫海外羈千里，色養親前愧一朝。
盡孝論心詎論物，承歡應近不應遙。誰能子道拳拳守，定卜家榮至德昭。

雨中櫻花

春雨濛濛冷艷櫻，清新經洗倍嬌情。那堪零落香泥地，短暫花期惜滿盈。

梵谷畫展觀後感

獻身藝術仰宗師，間世爭看向日葵。鉅作於今稱獨步，靈魂燃盡掌聲遲。

樂合國小「夢想成真」共學之旅

樂合青衿稟性真，都城尋夢歷艱辛。今朝共學酬初願，曲士行看眼界新。

「三千教育中心」成立有感

宣揚聖道喚常倫，絳帳傳經夙志伸。倘是絃歌聲不輟，人間處處德為鄰。

黃明輝《明輝暫醉集》

好友避暑未歸

人去自清涼，誰留溽暑鄉。尋花餘淡味，何日再聞香。

馬嘶

蹇馬鳴嘶急，風凋一夜風。崇禎仍不識，誰肯向殘紅？

聽經

道可道疑然，非常道在天。稀年諄教誨，來日可求全。

初秋

微掀領角向金風，一夜新涼半翠空。可恨轉黃猶轉眼，徐娘更怨減花紅。

惜春

白玉樓中鶯燕語，烏衣巷口馬車聲。繁華轉眼韶光老，忍見殘紅向晚晴。

歲次丁亥仲夏送外甥女阿恬遠嫁墨西哥

故鄉千里有慈嚴，待燕空樑不下簾。宜室桃夭欣結子，香車鼓瑟為阿恬。

山行

樂仁詩友喜相邀，徑入羊腸遠市囂。踏上雲峰仙景賞，風光旖旎倩誰描？

燕子飛來纔是春（寄歐陽先生）

已曉霜痕各自新，年年花落不留春。儂家合調飛來燕，改姓歐陽最可人。

張民選《拾餘齋吟草》

緬懷右老

新蘭亭迹仰先賢，冥誕今逢感萬千。詩筆兩間留懋績，聲名百載革專權。
崇文報國情無替，匡政安邦意不偏。草聖書華侔日月，右軍而後孰能傳。

戊子仲秋赴泰賀婚

不畏黃潮赴泰京，賀婚挾喜樂無驚。亦能順道圖商事，舊雨頻逢壯此行。

戊子辛樂克颱風後訪廬山

橫還是嶺側猶峰，今昔溪川怎不同。未忘廬山原面目，卻疑身在廢墟中。

覺修宮同學雅聚

不辭櫻老已殘紅，奉電重來福德宮。曲水流觴情觸及，詩書茶酒笑春風。

己丑孟夏出差途中遊寒山寺

名剎游瞻到處禪，鐘聲鎮日響雲天。楓橋渡口今猶在，古事悠悠望客船。

己丑大暑隔日嘉南球敘

不在冷房為宅男，寧趨雷雨赴嘉南。球場洞景思難起，惟記香亭酒色酣。

二重疏洪道

藍天綠地水無波，任爾休閒項目多。若許遷村功過論，觀音旁證問如何。

莫月娥《捲籟詩草》

艋舺

輪船不見水無紋，商旅猶懷集似雲。艋舺繁華今昔異，妓歌藝舞斷聲聞。

滕王閣

遊情難了水雲齊，閣上滕王日未西。不見層巒空幻翠，句吟王勃總生迷。

述懷

沉沉夜幕已低垂，且倚欄干有所思。為奉高堂全子責，自嗟生不是男兒。

無題

文章知己眼青垂，一見傾心識不遲。十日雨絲燈影下，並肩無語慰相思。

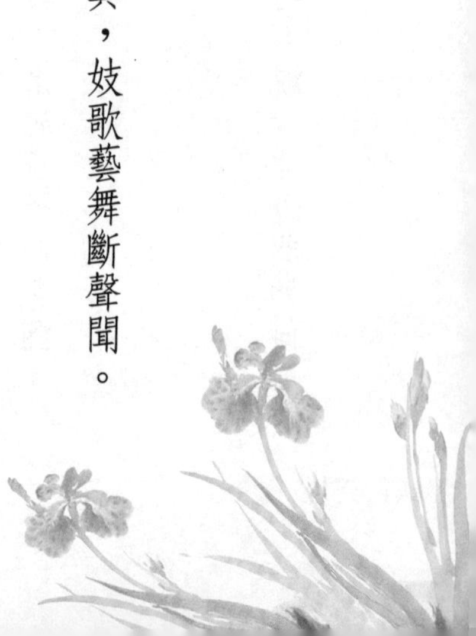

文化交流與福建諸詞長雅集

互通心曲託靈犀，濟濟才人氣吐霓。今日福清同聚首，猶如鴻爪暫留泥。

同遊西湖友值生辰賦贈

同遊萬里與猶長，況值生辰喜氣洋。人比西湖秋更好，南山遙望壽無疆。

競渡

喧天鑼鼓賽江湄，力敵雙方志奪旗。何日三湘同弔屈，龍舟水上決雄雌。

月下會友

蟾光兔影入簾帷，有約人來喜展眉。莫怨宵深無作伴，成三祇要一杯隨。

鄞强《柳塘軒主詩草》

中華民國主權期立『冠首』賦呈諸君子並祈雅正

中興德政策和平，華族交流兩岸盟。民志相投關世事，國情宣佈重人生。
主張均富繁經濟，權握自由善論評。期盼臺澎能保障，立竿見影息紛爭。

板橋展望

百業咸亨喜可期，板橋今見奠鴻基。全臺眾譽精謀略，北縣多方富設施。
開闢舊街興善政，建成新站展宏規。本源園邸名千載，鼎盛繁榮入史詩。

台北市孔子廟詩學研究會舉辦中日文化交流誌盛

中日交流雅誼盟，詩吟天籟振天聲。賢才主講扶桑語，聖道同宣鯤島情。
最喜佳賓欣意洽，何如騷客樂行程。堪崇舵手推宏健，幕後英雄著令名。

台北市孔子廟詩學研究會成立八週年紀盛

北都孔廟著鞭先，萬仞宮牆木鐸宣。學子研詩明句讀，導師授業振歌絃。
扣鐘鳴鼓民心化，玉律金聲聖道傳。八載功猷輝魯殿，恢弘文運繼前賢。

美哉百年懷舊　賦呈　陳校長文欽並祈雅正

世讚馬偕醫理通，治痊病患感銘衷。日皇神社圓山側，民主人心市政崇。
上帝垂慈天界護，凡間修善地方隆。雙連教會巍峨聳，百載榮光氣概雄。

七秩晉五感懷

觸目山河盡綺章，齡臻七五熱詩腸。襟寬處事從他逆，志遠行程奮自強。
勸化人心歸淨止，看開塵世任囂張。畢生興趣曾無減，橐筆遨馳翰墨場。

洪玉璋《玉璋詩稿》

喜翁正雄、蕭煥彩賢伉儷與陳賢詞棣庚寅大年初五日過訪

電賀新禧樂不禁，旋為茅舍客光臨。手撐鋁杖迎三子，腳躡瓷磚要小心。
煮酒具消春雨冷，憑欄尚見曉煙沉。暢談入暮筵方散，送別依依意倍深。

張詞兄耀仁李芳悦賢伉儷過訪喜賦

勝日張生伉儷來，書香樓曉正門開。老妻忙具春蔬待，秀手精調野味陪。
腳斷笑余顛倒勇，心歡勸爾盡餘杯。兄知弟性饒風趣，輒向人前落下頦。

祝姚常理事啓甲榮任台灣扶輪社三四九〇總監

不愧知名士，轟如貫耳雷。商場稱鉅子，藝苑展雄才。
濟世心彌壯，扶輪志更恢。為人群造福，競頌德崔嵬。

祝張社長國裕八秩晉一華誕

況復揚天籟，張公不世才。匡時文浩渺，汲古道崔嵬。
筆健奔如驥，詩鳴響似雷。騷壇尊巨擘，酒進萬年杯。

祝張副理事長耀仁李芳悅賢伉儷金婚

五十年前慶，新婚禮大成。匆匆金作瑞，璨璨玉徵貞。
夫婦歌鸞鳳，兒孫羨俊英。趁余樽酒興，詩贊白頭盟。

敬次邱天來詞兄海天詩草謄鍵成冊感賦瑤韵

卷開迴雒誦，勾起識荊時。輒羨兄聰敏，深慚弟鈍癡。
有文多艷逸，無句不清奇。出自尖新筆，海天鳴世詩。

李玲玲《玉令吟詠》

寶島春臨

梅魂竹友伴貞松，寶島鶯啼已過冬。冰解氣融林鬱鬱，烟籠雨潤草茸茸。
更看翠柏凌霄志，尤愛藍天覓蝶蹤。古木新芽生意發，欣迎喜燕再相逢。

註：時值2008台灣大選過後藍營（國民黨）重新執政，選民寄予厚望，整個社會氣氛有如古木逢春發新芽一般，盼在藍天之下兩岸交流頻繁時別忘了保密防諜，也鼓勵綠營別氣餒，要如同青松翠柏有凌宵之勁，好好庇護寶島。

夏日作

荷氣薰風人欲眠，輕舟畫破水中天。嘒聲不已驚春夢，振筆非關買酒錢。
子弟清貧冰卻暑，公卿極醼月侵筵。誠祈趙盾炎威失，暫作神遊雲海邊。

冬雨

野低山溟萬象幽，凝階拂樹襲珠樓。炎涼世態人情暖，冷雨酸風何日休？

解憂

花開花落水悠悠，世事無常人困愁。醉月飛觴煩暫卻，忘情雲水學沙鷗。

遊川瀨

川瀨潺湲琴韻揚，師徒漫步品茶香。幽林澗谷斜陽下，暢論古今風雅章。

荷——凌波印象（記李憶含老師題凌波印象，畫荷於扇面）

舒卷斜欹巧筆描，凌波欲語不勝嬌。喜看翠羽妝濃淡，映日扇風永弗凋。

李柏桐《居隱吟草》

內湖碧湖晨影

晨光映露珠，耆老好遊湖。白鷺輕搖樹，蜻蜓不動蘆。
風臨千葉舞，水動萬波驅。早覺行山徑，沿途藍鵲呼。

內湖碧山巖探幽

佛寺橫山坐，溪溝順勢徊。森林深谷起，瀑布薄天來。
嵐散奇岩見，樹空珍鳥迴。都城尋靜地，此處即蓬萊。

基隆河畔鐵馬行

鳥報清和適出遊，輕裝結伴走河周。飛舟競速花濤湧，鐵馬隨行草木流。
近水沉魚梭隱約，遙天落日照殘留。乘風帶月歸途踏，路半燈光白晝猶。

草山交秋

一葉梧桐報換妝，山神號令械先黃。秋香淡繞風光美，薄霧朦朧更出常。

一〇一大樓

聳立城中壯勢揚，遊人絡繹望高昂。陰時半隱晴如玉，夜幕光輝更遠長。

碧潭山水情

藍天碧水橫橋跨，赤壁青船順岸行。夢幻風光情意綴，笙歌隱約送春盟。

初春欲訪泉州未果

金門霧鎖交通息，石井船封信號無。難測往回思起落，強提行李踏歸途。

註：石井，福建泉州石井港，金門船行泉州之口岸。

甄寶玉《意先齋詩稿》

訪摩耶精舍（國畫大師張大千先生外雙溪故居）

潑墨荷花譽震天，張侯晚舍卜溪邊。珍禽猿鶴長為友，峻嶺煙霞好結緣。
娥影臨池留美夢，梅丘映月照酣眠。風雲一散人何在，幾度徘徊憶大千。

喜見日偏食（藉天文台專業視鏡，台北看三百年一見日偏食）

天河萬象頗稀奇，日蝕當頭喜測知。科技助人千里目，遙看白晝掛娥眉。

侍母沐浴（慈母腎功能差，排毒不良，時患皮膚痕癢）

瘦骨嶙峋我痛憐，遍身奇癢受熬煎。那堪徹夜不能寐，藥浴洗來方可眠。

小別（赴香港省親歸來）

小別歸來已仲秋，風涼氣冷入書樓。憐君卻尚單衫薄，忙把棉衣換夏綢。

石碇賞螢（華梵大學園區）

市居久未見流螢，月夜溪邊閃似星。映水銀光飛熠熠，彎腰喜逐小精靈。

齒疾

邇來齒疾惹人愁，餐食清清豈講求。唯有詩書堪細嚼，晨昏樂誦暫消憂。

天涯寄情懷玉君女

兒雖負笈異邦移，早晚猶知問暖時。喜有螢屏常對語，英倫不覺是天涯。

見友人辯論佛法

聽談佛法探真微，摸象盲人滿是非。空性因緣原自在，花開花落總隨機。

洪淑珍《怡怡窩詩選》

金山遊

烈日高懸暑亦甘，幽幽坑道數奇談。天風吟嘯過亭角，極望平拖不盡藍。

燭台雙嶼

漁叟垂綸倚釣磯，銀波瀲灩擁斜暉。燭台兀立經千載，靜迓遊人萬里歸。

苗栗訪綠水畫會賴理事長

村居門靜日舒長，已避紅塵名利鄉。澹泊自甘人不老，丹青有色墨生香。

其二

細細金風微帶涼，平疇禾穗飽垂黃。人家幾户幾聲犬，合是賴侯如意鄉。

遊杏花林

霏霏細雨受風斜，半濕芳林半濕靴。未減賞心人拾翠，帶將春意到吾家。

訪永定土樓

土樓聚族固如城，耕讀傳家黽勉情。細認源流文史跡，輝光長與日崢嶸。

汀江——客家母親之河

汀江一水向南流，綠與閩西群岫繆。四海歸宗迎復送，煙波萬頃櫓聲柔。

梅魂

傲骨凌寒操不群，冰心獨抱暗揚芬。松篁為友蘭為伴，堅忍精神孰比君。

余美瑛《詠纓詩草》

秋水雲集

竹生京隱內，徒自抱貞心。未染虛名欲，唯行志節箴。
飛鴻新鳳舞，立鶴古龍吟。曲水流觴後，鯤瀛振雅音。

山茶花

丹心綠葉雪中藏，可敵春寒玉種香。獨放崖邊經臘月，旋開雨後伴垂楊。
天真不與夭桃妒，富貴猶能豔李當。萬樣風姿凌百卉，山茶卻自素如常。

早春

草短花初綻，苔青翠織茸。山嵐春雨密，隔夜數芳蹤。

山茶

山茶仍獨秀，未肯與春歸。但倚斜陽外，唯令月照緋。

山中相問

猶記青梅竹馬時，山中與問數諸兒。兩三言語尋常事，卻道平安莫歸遲。

早春

君當擊筑我高歌，白首忘機感興多。雲夢胸懷銜日月，駐春稟燭定干戈。

早春

三春雨裡紅綃褪，一夜階前綠意生。露溼輕衫何事著，誰懷月影到天明？

早春

倚就香枝千儷影，草山三月萬重花。雲緋雪艷群妍鬥，忘卻紅塵底事遮。

翁惠貹《公羽詩稿》

春日書懷

落日映春紅，靜觀一念通。艷華時有盡，淡泊境無窮。
得失何須惜，榮枯不值崇。樂天隨性度，愜意幾番風。

鵑城夜景

政商要埠世聞名，策杖登高逐月行。儷影依偎傾蜜語，繁星閃爍寄幽情。
萬家燈火如珠串，群嶺雲霞似畫呈。俯瞰鵑城城不夜，塵勞盡滌一身輕。

惜福

世染奢華眾慨嘆，誰憐稼穡受摧殘。富人一席珍肴宴，窮漢半年粗糲餐。
產物滋生殊不易，資源耗盡並非難。當思惜福添餘蔭，自可逢祥免淚彈。

步旭光

曉旭現瑤光，峰巒化巧妝。迎曦閑步賞，神爽氣舒揚。

松籟

松髯伴月吟，空谷盪迴音。靜聽紅塵滌，怡然酒獨斟。

梅魂

歷雪經霜脫俗氛，冰肌玉骨冠花群。韻清勝似堅貞烈，獨秀精神舉世聞。

問陶

歸隱田園隴畝犁，可真酒賴白衣提。桂冠底事辭彭澤，敢是知時醒覺迷。

吳俊男《白雲齋詩稿》

登日月潭慈恩塔

青龍如黛水如晶，雨霽蒼穹分外明。日月波涵雲影動，乾坤氣湧岫嵐生。
卅年世事槐邊夢，千里春花醉裡評。回首遙看一鷗沒，高標獨立聽鐘聲。

於伊達邵聆邵族杵音演奏有感

邵族祖先因追獵白鹿，乃知日月潭一地，並於此定居，曾繁盛一時，今族人僅存六百餘人，惟族中耆老能奏杵音爾，感其族之盛衰乃作此詩。

杵音長短各低昂，舂者如今鬢已霜。應憶先人追白鹿，堪憐勇士化紅桑。
水沙連裡曾稱霸，日月村中暫築房。數百年來盛衰史，都隨樂曲佐瓊漿。

註：水沙連乃地名，日月村即伊達邵。

過文武廟拜至聖先師

近年來社會亂象紛呈，駭人聽聞，值此亂世，尤感聖人之道衰微，有志之士當揚經書之道，以挽狂瀾也。

世道衰陵不忍看，高山仰止意尤寒。橫街惡少如狼虎，虐子熱湯錐肺肝。
逐利爭名時滾沸，推仁行義日艱難。我非大器思猶壯，欲借經書平巨瀾。

玉山歌

東南海隅有一山，山氣磅礡噴九天。嶮巇峰姿幻莫測，矗立瀛島千百年。
萬仞巉巖插空碧，一峰突起一峰連。大鵬展翅過不得，羲和駕日難著鞭。
晴時青嶺傾巢出，紛紛羅列爭後先。直如巨刃割昏曉，橫似蒼龍沒雲煙。
雨時狂風挾沙石，水激浪湧盪百川。雷聲轟轟撼閶闔，電光疾走擾帝眠。
臨冬復丕變，積雪白如練。遙望群山皆玉顏，精光不定目亦眩。
光怪最是霧起時，奇姿幻態盡奔馳。或如蚩尤領騎，或如風伯搖幟。
或如洛神梳妝，或如湘妃拭淚。
噫吁嚱，奇哉詭哉！
人間焉得有此山，此山應從仙界落凡來！

許擁南《玉峰詩草》

天籟元音

塵封半紀現清音，雅韻搜羅苦覓尋。前輩詩聲珍寶貴，先賢曲調意涵深。
悠揚雋永頻回味，舒發幽情盪至今。天籟風潮將再起，流傳千古動人心。

六十感賦

光陰似箭不停留，轉眼虛生六十秋。性拙隨緣無計策，閒情適意有詩儔。
人生得失平常事，浮世窮通豈可求。早到林泉聽鳥語，晚歸明月唱漁舟。

喜獲孫兒

麟孫己丑誕生年，名字多元萬象全。殷盼英姿容煥發，祈求雄健步超前。
傳芳蘭室詩書卷，延茂梅庭禮樂篇。厚德根基興事業，連綿祖脈學先賢。

金門旅懷

飛航渡海訪金門，戰地英雄史蹟存。烽火依稀存斷壁，砲聲隱約響黃昏。

沙場埋骨誰憑弔，古壘捐軀應有魂。風景蒼蒼多少恨，荒煙落日滿江痕。

八八水災

颱風暴雨襲南台，山塌埋村釀巨災。滿目瘡痍淒慘狀，流離失所苦徘徊。

民間齊力伸援手，政府推委慢步來。冷漠無能同遣責，欺凌百姓不應該。

亂世

國力衰微內外吞，天災人禍苦難言。治安敗壞驚心魄，物價新高逼斷魂。

權貴貪贓疑有路，農工困頓貸無門。全民自覺風雲起，捍衛台灣作後援。

黃言章《言章詩箋》

致仕生涯

皤然寤起日遲遲，獨個悠哉赴泳池。老少女男皆健將，游來泗去僅蛙姿。
茶餘染翰銀鉤練，酒後操觚繡口期。入夜兒孫公店聚，天倫樂趣地仙居。

壽徐松齡老師八十

慈祥儒雅媲神僊，管領書壇眾慕賢。獨創揮毫三部曲，別開染翰半邊天。
悉力傳工桃李滿，傾囊授藝夕朝研。八豒懸弧咸祝嘏，松齡鶴算永緜延。

踏莎行　憶母校彰商

雲雀山岡，黌宮書肆，晨昏六載歡欣織。忒多回憶遍存藏，夢迴午夜難成寐。
珠算操盤，英文打字，一生技藝當時識。諄諄師長善薰陶，栽培桃李皆成器。

同學會

且留鳩杖趣筵行，把臂稱觴敘舊情。耄耋同窗猶矍鑠，但期歲歲喜相迎。

股市

上沖下洗搭雲車，漲跌輪番兩眼花。盤算衡量皆畫餅，軋餘入袋始贏家。

安侯建業忘年會

主席戎裝侃侃談，藝人狂嘯耳難堪。抽金中彩高潮駭，紅液飛觴眾興酣。

大安公園

風約陽熙耀綠原，鞦韆盪起笑聲喧。球搥舞曼渾忘我，雜鬧京畿一樂園。

姜金火《玄光詩稿》

遊靈鷲山

靈鷲披雲翠嶺巔，面迎碧海渺連天。遊人到此心寬靜，佛法空無妙智圓。

修禪

葉落花殘總有因，修禪入定遠囂塵。觀空去妄平嗔恨，萬相心生守本真。

新柳

枯葉飄零泣冷冬，細腰搖曳盼春穠。青皇連夜深情雨，又見新芽翠柳容。

冬曉

霜天曉色照樓臺，揉眼推窗望岸隈。枯野風搖松竹翠，寒梅傲霜幾時開？

碧潭泛舟

偷閒半日碧潭遊，漫自輕搖一葉舟。澄靜煩心消俗慮，霞紅水綠晚風柔。

蟬

幼蛹地中潛數年，一朝蛻殼變成蟬。競鳴愛曲爭青睞，飲露浮生情亦綿。

感懷

滄桑往事幻如濤，憶昔凌雲壯志豪。附勢趨炎非我性，荷風竹韻解心熬。

梅魂

雪凍霜凝玉骨筋，寒風疏影暗香聞。冰清素潔神靈氣，不與群芳競艷芬。

許欽南《位北詩草》

遊張家界

久慕張家界，今朝喜蒞之。山呈千壁畫，水瀉一溪詩。
有石皆成趣，無峰不出奇。風光濃似酒，三日醉如痴。

基隆仙洞巖

古洞名仙未見仙，此中歲月不知年。雲連海氣波連月，風帶潮聲樹帶煙。
萬仞丹崖迷醉客，千尋白塔入詩箋。最宜逭暑清遊地，宛若桃源別有天。

江城秋望

屯峰瘦削入秋寒，極目江城感百端。關渡潮翻歸棹急，淡江浪捲夕陽殘。
歷諳世事胸襟闊，久閱人情眼界寬。悵觸不勝憂國恨，那堪蟹蟹盡朝官。

靈泉寺紀遊

遠上靈泉不計程，最欣方丈笑相迎。煙霞深處清遊地，詩趣禪機筆底生。

心花

此花原與眾花殊，不怕蜂針並蝶鬚。開在靈台方寸裡，歡時綻放怒時無。

心語

芳草天涯有屐痕，一彎流水繞孤村。老來華髮慚書劍，心字成灰帶淚吞。

淚

柳拂珠簾意轉寒，佳人掩泣倚闌干。紅顏未老腸先斷，朗月應憐翠袖單。

周福南《宜庵詩草》

太乙道場謁聖

先人篳路墾山田，龍虎明堂花鳥妍。太乙三清修聖道，祥風皓月謁神仙。

沙巴紀行之一

蕉雨椰風碧海遊，神山逸秀白雲悠。靜園旅夜朦朧月，攬勝仙鄉見舊儔。

沙巴紀行之二

薰風熠熠白沙濱，紅樹成林碧海粼。戲水飛天浮潛樂，橫舟破浪浥心身。

植物園賞蓮

荷塘避暑待風敲，紅白仙姿九品苞。翠蓋鴛鴦霑玉露，最憐飛鼠逐林梢。

訪海南小洞天

南溟奇甸小洞天，道跡仙蹤渡世緣。千疊碧波迎日月，雲深林翠客問禪。

海角天涯

騷客無心尋海角，飛鴻萬里到天涯。金灘碧海人如鯽，滿載詩囊寄彩霞。

迎歲次庚寅虎年

日月光華瑞氣浮，乾坤轉眼饗泥牛。馨香祭祖迎飛虎，國泰家安德業優。

北社台語教師研習班

北社群英護土心，文才武略振元音。良師絳帳春風足，雅韻新聲世代吟。

林瑞龍《竹園詩稿》

八八水災

雨驟風狂天柱折，山崩河決地層移。小林至痛全村滅，金帥何辜一瞬夷。
悄望南空雲濺淚，憂居北域樹含悲。自然反撲誠須畏，人類文明待省思。

修文會莊老師辭世周年有懷

仁壽通經法聖賢，忘憂不倦不知年。依稀莊子安恬澹，彷彿嚴光樂自然。
文敵昌黎瀾壯闊，詩親工部氣渾圓。考亭仍繼薪傳業，絳帳弦歌遺像前。

賀輝雄宗兄喬遷御林園，座落於仁愛路

御林甲第佔風光，聳出浮雲誇帝鄉。府廈市廳鄰咫尺，嵐峰煙水接蒼茫。
陶公創業宏圖展，孟婦持家懿德揚。松勁柏貞常挺秀，蘭薰桂馥永蕃昌。

紙鳶

紙鷂翻騰意氣揚，任人操控暗懷傷。誓將化作摩天翼，乘勢雲霄萬里翔。

茶具

我看人生茶具如，出窯新品總粗疏。煎熬冷熱經年月，玉潤藏輝澤有餘。

誦讀佛經有感

長年積雪凍冰陰，累世無明罪障深。喜獲甘霖春水暖，潺潺解泮滌吾心。

四十九級乙班畢業四十八周年同窗會有感

四紀悠悠似夢逢，驚聞八友鶴騰空。滄桑話舊情難盡，一夜思潮萬感中。

林 顏《靜心詩選》

春水

燕剪桃林花爛漫，鶯啼柳岸水潺湲。溪光瀲灩韶光麗，釣客垂綸淨耳根。

夏艷

池塘荷綻芳姿展，竹徑蟬鳴雅韻調。火傘高張情未減，碧潭戲水樂逍遙。

秋遊

岸上丹楓霜色染，籬邊黃菊冷芳餘。臨郊恍入桃源境，覓句尋幽雅興舒。

冬曉

地凍天寒曙色開，飛花雪嶺客尋梅。眼前一片山容瘦，春燕何時故壘回？

花事

百卉芳情訴蝶蜂，幽姿嬌媚笑迎儂。嫣紅奼紫堪舒目，難得休閒樂滿胸。

醉月

長瀉銀光千里遠，平分秋色一輪高。謫仙杯舉邀明月，韻事今題醉濁醪。

梅魂

柔情冷艷志凌雲，耐雪迎霜絕俗氛。浮動暗香高品格，林逋難怪獨憐君。

寒夜迎客

窗梅橫月風聲冷，簾雪飛花夜色迷。倒屣迎賓同品茗，切磋詩句共評題。

鄭美貴《采眞詩集》

秋節遇颱

預約中秋賞月輪，回鄉相聚慰雙親。交通一夕遭災變，何故颱風作弄人。

貓熊開展

珍貴貓熊入國門，聲名大噪美譽尊。新春開展人潮湧，第一風光動物園。

高雄世運

高雄世運主權堅，典禮輝煌客萬千。佛朗東心誠肯定。成功圓滿譽超前。

茭白筍

埔里農耕筍白茭，提升經濟列前茅。行銷內外商機擴，連結觀光進萬鈔。

救難隊

天災地變起悲號，救難隊員披戰袍。晝夜無分為惜命，行仁仗義志堪褒。

抗暖化

全球暖化奈愁何，再造森林不厭多。環保居家珍物用，節能減碳起沉疴。

瓜瓞綿延

琴瑟和鳴喜氣揚，春宵夢叶兆繁昌。孫賢子秀承家訓，瓜瓞綿延世祚長。

尊重女權

齊家教子著奇功，德並鬚眉坤範融。推展女權維淑慎，無慚巾幗更堪崇。

陳麗卿《詠藻詩稿》

孤臣

寂寞吞聲哭，孤忠一影單。無從揚正義，安得挽狂瀾。
愛國嗟何益，鋤奸慨萬難。遭逢如屈子，徒抱寸心丹。

台灣茶香

蓬島茶鄉夢幻妍，春風瀹茗裊青煙。品嘗宛若花間露，烹煮尤宜澗底泉。
氣馥烏龍無苦澀，味醇包種最清鮮。玉甌霧捲忘塵慮，裨益人生享大年。

女詩人

采蘋渾未讓男兒，才智相乘無限姿。竇婦織文同捷足，謝家詠絮共揚眉。
詞章揮灑今堪誦，聲律鏗鏘古有師。睥睨群雄誰是健，騷壇鏖戰一英雌。

萱花

北堂底事樹萱花，風雅昔曾絢彩霞。自是閨闈高品格，忘憂養性會心些。

野牡丹

從來最喜住雲中，名共花王燦紫紅。不讓沉香亭北豔，同誇絕色自天工。

賞荷

芙蓉清發影重重，風觸花心態更穠。誰道新裝嬌乃爾，擎天翠蓋護芳蹤。

野百合

僻地幽芳六出奇，衝寒玉挺見英姿。莫云野色顏容淡，素影清新富有詩。

許澤耀《澤耀詩稿》

臺灣東北部一桃源（大里觀日遙望宜蘭）

汽笛長鳴辭草嶺，漁船破浪過龜山。清風散霧桃源見，輪湧朝雲大海間。

海中天關——龜山島（連接頭城似蛇海岸把守海口）

獨立孤峰聳海邊，頭圍沙汕復相連。龜蛇把口當關扼，守護蘭陽萬代年。

開蘭精神（吳沙開蘭澤惠後世）

篳路襤褸拓野原，仁恩感化建家園。蘭疆血淚遺佳地，後世兒孫永沐恩。

宜蘭人的性格（儼硬，不怨天尤人）

海角天邊開墾地，古今宿命先賢義。逆來順受不回頭，情熱寡言仁愛至。

冬山河暗時扒龍船比賽（新創辦暗時放風吹）

冬山夏夜遊龍競，閃閃百鳶天際泳。燦爛光芒彩素波，星空水月相輝映。

農忙（古早時陣，農家割稻仔）

收穫臨疇趁曙曦，盈倉粟積不知疲。童生簍內兒酣睡，斜照陌頭過晚炊。

太平山——台灣三大林場之一（避暑勝地）

雲海橫流嶺萬重，群山翠綠聳高峰。瑤臺玉女來相會，幽境仙池現芳蹤。

懷念仁澤之旅（煙雨濛濛當中汎舟）

仁澤奔流帶雨煙，滔滔浪擊橡皮船。隨波衝盪飄搖處，十里溪中醉八仙。

林長弘《一心齋吟草》

母愛

倚門勤望眼，家計不言疲。鞠育輝真愛，關心見惠慈。
曾將廉恥教，更使禮儀規。兒女成龍鳳，莫遲反哺時。

海水浴

炎威爍石日長時，避暑邀朋海上嬉。碧水波光浮萬里，青山樹色滿三芝。
層濤拍岸聲何壯，烈火燒雲影弄姿。喜樂沙灘爭逐浪，驕陽向晚一身疲。

待中秋賞月

一葉庭梧落地驚，蓊蒠叢桂郁香清。尚須幾日光纔滿，但見重宵景漸生。
雲外嬋娟千里共，江邊瀲灩十分平。還期寶鏡開奩夜，醉月吟秋好寄情。

懶狗

不醒惺忪眼，癡肥懶惰身。吠聲無霸氣，早已廢防巡。

梅魂

南枝破臘蕊香薰，無畏寒天節操聞。色不沾塵心潔白，芳姿冷豔冠花群。

秋思

乍起商聲冷掃街，更深夜夢感天涯。無端世事何從計，放下千般便釋懷。

冬霽

曉起雲開送暖陽，橫窗舒影沐晴光。郊原歲晚春將至，梅柳憑添野色香。

康英琢《小半天人詩草》

醉鄉

家兄傳請帖，喜宴設門庭。座上葡萄酒，樽前竹葉青。
千杯邀不息，百席敬無停。共酌深更後，雞鳴醉未醒。

迎春菊

度臘偏嬌艷，履端菊綻金。三陽開泰運，百業轉佳音。
瑞獻堯天頌，祥呈舜日臨。花迎新歲月，籬畔展芳心。

春日書懷

山城回雅景，鳥語囀芳叢。泰運千家發，春暉百業隆。
攤箋期綴錦，覓句待成功。鉢韻元音振，長留一卷中。

醉月

金樽在手吟情好，寶鏡當頭酒意高。有約嫦娥來共酌，舉杯對飲樂陶陶。

燈節

花燈長列幾千里，烽炮高衝數拾層。燦爛元宵民共樂，同行玩賞約親朋。

早菊

黃英乍綻滿籬舒，未待重陽艷有餘。入眼清新香隱逸，誰揮妙筆畫秋初。

秋山行

高山葉赤勞双屐，老圃花黃醉一缸。澗水雲嵐似仙境，崖邊靜聽韻淙淙。

蔡飛燕《飛燕詩草》

秋宵聞笛

何人吹笛畫樓中，永夜思愁感寸衷。每憶夫郎心欲碎，多情妾我志能終。
聲柔更識幽懷切，韻逸當知彈指工。曲罷秋深無怨意，你濃相契樂和融。

虎嘯松吟

松濤獸嶺絢新元，虎嘯周邊百籟喧。順暢交遊通世界，昌隆經濟振乾坤。
咸熙萬象祥光滿，啓泰三陽瑞氣繁。國裕山河呈錦繡，吟朋體健淨靈根。

南鯤鯓廟平安醮祭

廟聳鯤鯓瑞氣融，五王威嚇淨民風。邦家植福神恩蕩，社會消災聖德隆。
蔚起斯文敦正則，匡扶大雅慶豐功。安符醮祭驅邪煞，勝地鍾靈四海崇。

驚蟄遇寒流

雙溪勝會萃群賢，驚蟄雷聲響耳邊。綺景迷人花競豔，環山春色入詩篇。

迴瀾之旅

天然魯閣豁然亭，雅客迂迴入眼青。峽谷長春祠畔外，斷堐清水覓鷗汀。

冬夜訪友

坐對瓊筵興未賒，夜深賓客話桑麻。何堪酩酊談心事，梅蕊無香也算花。

新春酒

雅會群賢照膽肝，庚寅松社酒杯寬。金樽泛蝶歌邦固，種氣苔岑挽倒瀾。

陳碧霞《蘭亭詩選》

九日有懷

扶笻絕頂趨，老寺已荒蕪。屋後松聲細，園中菊影孤。
題糕饒逸趣，品茗爽吟軀。佳句酬佳節，何關世燄涼。

秋望

颯颯金風起，楓紅展麗容。梧桐方葉落，蘆荻已芒衝。
倚樹聞蟬咽，橫天睹雁蹤。秋高浮爽氣，企盼好年冬。

郊居

小築奇岩里，閒居與不賒。林中窺日月，窗裡揖雲霞。
試墨題新竹，攜笻數落花。滿城燈火遠，少聽市聲譁。

悟

寂靜光環滅，同塵順命聽。隨緣何所企，挫鋭解紛融。

澳門遊

神工牌壁大三巴，盛世危言鄭屋華。葡韻龍環詩境攬，居心縱慾誘豪奢。

春柳

柔身搖曳翠眉新，戲鬧東風笑語頻。煙淡雨濛花似雪，千絲萬縷又逢春。

桃花

嫣紅每憶佳人至，粉白常迎雅客臨。夾岸丹霞迷醉眼，仙源避世卻難尋。

吳莊河《西河吟草》

早菊

黃英早綻金風爽，玉蕊新芬冷艷舒。傲骨瘦枝迎月出，先開籬畔雅何如。

九日有懷

重九催詩萃碩儒，專心會學福緣殊。登高一嘯乾坤大，詞覺迷人出海隅。

問陶

相詢處士隱田兮，歸去來時興不低。知足餐英耕讀樂，南山曾否使公迷？

秋思

西風微冷到庭階，長夜愁心不釋懷。品節從來身外物，知榮守辱利名埋。

冬曉

曙色微濛淑氣催，健身民眾喜相陪。願祈朝日迎曦出，歲晚凌晨賞景來。

柳髮

枝條岸曲舞穠春，雨霽風梳景色新。恍似披肩娟秀影，蘇堤墨客動情真。

梅魂

冰天雪嶺聚靈氛，孕育花魁蕊競芬。節操人間精魄比，枝頭氣韻奪芳群。

迎春菊

黃英艷候東皇至，玉蕊芳迎青帝臨。風暖籬邊春氣早，花同好鳥報佳音。

陳麗華《蘆馨詩草》

秋蟲

寒蛩唧唧和商聲，猶恐愁人入耳明。悶向窗前時自語，長思燈下夜猶鳴。
微生雖暫猶經雨，宿命無常祇噪晴。惜別詩懷拋不去，苦吟一首繫深情。

紅葉

早逗晨曦晚逗霞，霜林眼底正清華。如然楚岸非因火，欲醉吳江豈為花。
拾葉吟秋詩有韻，揮毫寄友思無邪。衣襟點染燕脂色，醉罷山涯更水涯。

讀書健忘有感

半百方知腦力微，讀書健忘總成非。可憐筆下無相補，豈許言端有所譏。
漸減詩情餘興在，更多世事宿心違。女流祇合憂家事，氣慨雖存夢不飛。

炊煙

隨風冉冉迴孤峰，一抹渾如潑墨濃。古木昏鴉斜照裡，驀然回首已無蹤。

敬和　任翅詞長〈春讌〉瑤韻

自是春風踐約來，座中賓客酒情開。愧我無成話天命，但求健筆寫蓬萊。

春心

春來春去豈無心，回首看花剩苦吟。草色青青人白髮，不堪遲暮酒頻斟。

杉林溪花園賞牡丹

果是天香屬牡丹，疑來仙境畫圖看。白紅爭豔誰青眼，惹得騷人詩思寬。

張秀枝《秀枝詩稿》

新鶯

金衣初羽振，巧舌發千聲。躍躍穿楊柳，關關喚共鳴。

虎字碑懷古

碑鐫虎字海東隅，赫赫真能鎮暴奴。峻嶺從茲風禍遠，人來攬勝仰雄圖。

池荷

浮波疊翠一池新，出水芙蓉絕染塵。欹蓋端心盤玉露，清香過處有情人。

迎新年

元晨爆竹履端開，社鼓催花五福來。吉兆盈庭人拜賀，歡欣處處瑞祥迴。

秋郊漫步

燒空楓樹染，漫道寂寥深。目送飛鴻斷，志隨落葉沉。
閒情拋世俗，逸興伴疎林。翹首天高遠，舒懷麗藻尋。

綠園春色

晴和鳥囀百花香，群卉爭妍競曉妝。姹紫嫣紅榮苑圃，貞桐壽柏聳途旁。
繁華信步顰眉展，冶野尋芳雅興長。錦簇凝眸堪似火，嬉春韻事笑崔郎。

陽明山賞櫻

陽明風景久名馳，花季櫻紅冠一時。團簇天邊燒野火，嬌妍客臉抹嫣脂。
蜂狂蝶浪形多幻，鳥囀泉流韻每奇。紗帽觀音雖不語，賞春從未把情移。

鄭中中《我聞軒詩稿》

桃花

雪融消息孰先知，萬蕊爭風豈肯遲。又恐春來春不見，紛紛站上最高枝。

客夜獨歸

素手迎風幾度揮，生涯合似片雲飛。沾衣不復鵑城月，自踏霓虹寂寞歸。

春遲

萬點花飛觸眼驚，風歌別曲帶愁聲。銷魂落盡胭脂淚，無計留春不出城。

同老

閱世何妨一半痴，風花且惜莫言遲。拚將浪漫同誰老，併入青春一頁詩。

隨筆

年少移花入管弦，邀風共譜惜春篇。無言此日怯相對，誤得紅顏多少年。

相思

深秋天氣帶寒摧，心事無端到酒杯。今次新添愁一段，思卿滿滿日三回。

筆鋒

憤催意氣盤毫出，腕馭龍蛇作劍彈。寫盡人間不平事，橫空一畫九重寒。

秋山

無心小坐萬年功，參盡炎寒意未空。山老還如初嫁女，西風一拂臉飛紅。

吳秀眞《懷眞樓詩稿》

張家界山景

奇形聳立白雲間，入眼群峰各異顏。疑是天門開放處，仙蹤入畫若詩般。

赴龍巖筆會有賦

龍巖盛會喜成行，雅契臺閩發正聲。壯麗山河羅筆底，騷人觴詠帶豪情。

賦別蔣氏昆仲

鯉城初識亦因緣，盛意殷殷感兩賢。佇待北臺重聚首，舉杯共與醉三天。

註：前往大陸詩詞交流，承蒙蔣老師之姪於泉州三天盛情款待，臨別賦詩一首贈之。

上杭紫金山礦區參訪

阜世金銅蘊產豐，登巒遠眺霧濛濛。松針蘆葦隨風舞，人在礦區詩意濃。

若茵農場向晚時分

繁櫻競逐夕陽紅，腳下巒丘拂晚風。隻影纖纖斜映牖，待邀明月一傾盅。

自遣

曾歷朱顏不少留，芳華已失影還投。青春欲駐談何易，保有真心是所求。

塵居

囂塵牖築串繁榮，空谷幽花困鳳城。不羨虛華名濁世，遨遊自在效雲鶯。

把握今朝

綠水銀波盪桂舟，迎風拂柳漾絲柔。曠懷吟唱豪情醉，誰管明朝又萬愁。

陳文識《簫劍詩草》

石門訪友

懷詩載酒緣溪行，落葉奔流夾岸鳴。白首相看言不盡，停杯對舞放歌聲。

丙戌仲秋由金門之廈門舟發水頭有感

快意登舟出水頭，憑舷顧盼復煩憂。烽煙昔日連天發，客旅今朝遍海浮。
兩制三民相對照，千家萬廓本同流。乘風莫使干戈起，鼓浪齊要玉帛酬。

聽雨

輕風翻碧樹，亂馬踏前庭。潑潑檐邊鼓，喧喧殿角鈴。
長橋雲作淚，短楫水流萍。欲語聲聲咽，飄飄去渺冥。

秋夜吟

烹茶展卷學敲詩，落筆星沉翰墨遲。俯首徘徊風颯颯，窗花笑我半生癡。

登金門城南嘯臥亭

亭在金門城南，為紀念抗倭名將俞大猷之功勳，由俞之門人楊弘舉構建於明嘉靖年間，民國三十九年拆除，民國九十年由金門縣政府重建。

雷奔浪捲濁雲開，暮雨瀟瀟撲地來。戚虎聲名空歲月，俞龍嘯臥滿煙灰。(註)
新亭古碣相輝映，舊事今塵共嘆欸。素手丹心花一束，天涯此去酒千杯。

註：俞大猷與戚繼光同爲抗倭名將，並稱「俞龍戚虎」。

楊維仁詩《抱樸樓詩選》

雪山隧道行

北宜公路九彎十八拐，車行迂曲苦顛擺，壯夫委頓煩心神，仕女驚惶黯姿采。乃有擘畫平險巇，另闢逵道通北宜，接銜兩地倍捷便，往來豁暢無憂疑。豈知工程浩繁備艱苦，窒礙紛紛不可數，重巒疊嶂難開穿，就中雪山最險阻。隧道深窅誠空前，十三公里長相連，工期久經十五載，庫帑大費百億錢。萬死投荒鑿巉峻，廿五烈士以身殉，千百青絲變華髮，換得車行如風迅。一自雪隧通康衢，奔軺過往何歡愉！不復環迴九彎十八拐，北宜直達憑馳驅。

秋夜懷戎庵先生

燈下茫然撫舊書，追懷教澤意淒如。商秋氣候悲搖落，猶記春風拂面初。

都會遊俠

恒銓兄慣以單車代步，優遊都會，氣壯如俠

萬丈虛華不著身，從容一騎過紅塵。漫天聲色無羈礙，踏實前行意最真。

試問

政達兄新居落成，試為一問

輪奐岑樓遠俗囂，數年築夢費精雕。殷勤置得黃金屋，試問何時貯阿嬌？

贈錦江

跨海當年未識君，後來緣契竟超群。真忱不必憑虛飾，絕似醇醇酒半醺。

注：余於 1989 年參訪澎湖西嶼國中，錦江就讀於此。

奉陪正發子衡俊男諸友新光部落之旅，同賦〈新光之遊〉，分韻得之字

雲如柔絮雨如絲，雅客吟遊樂所之。果是人間清淨地，不虛百里費驅馳。

基隆二沙灣砲台感賦

奇勢居天險，雄關扼海門。遙收波浪闊，俯瞰舳艫繁。
港埠燦新象，干戈餘舊痕。百年人事改，壯氣尚留存。

偶經子衡舊居有感

舊路重經憶舊遊，街燈照影總溫柔。已無高唱迴深巷，曾有清歡漫小樓。
對酒欣濡風雅趣，談詩細嚼古今愁。曲終筵散餘馨在，記得歸時月一鉤。

敬賀張社長國裕老師八一華誕

天籟悠揚滿大千，鷗盟祝嘏仰耆賢。青衿琢句情何篤，白首傳詩志益堅。
管領風騷欣著績，植培桃李樂忘年。遐齡八一長康健，雅致翩翩不老仙。

天籟吟社例會優勝詩作集錦

二〇〇七年春季至二〇一〇年夏季

編者說明：

本社二〇〇四年至二〇〇六年例會詩作集錦收錄於《天籟新聲》，萬卷樓圖書公司二〇〇七年三月出版。

天籟吟社丁亥春季例會

二〇〇七年四月廿二日於台北「許一個夢」餐廳

首唱詩題：燕影，七言絕句，九青韻

詞　宗：蘇逢時先生

擬作　蘇逢時

穿花度柳冒煙青，上下于飛影映櫺。
隱約如開雙玉剪，江山錦繡任裁形。

元　許欽南

年年越海影無停，覓壘烏衣入戶庭。
我欲倩君施玉剪，裁成錦繡妙丹青。

眼　葉世榮

剪風翻日印雙翎，往返烏衣巷口經。
上下于飛情繾綣，月中留照影隨形。

花　陳麗華

照影雙飛覓舊庭，頡頏掠水態娉婷。
呢喃作語催春早，惹我裁詩寫性靈。

四　洪淑珍

樑上呢喃悅耳聽，橫空影掠入春庭。
差池羽剪迴花舞，景趣迷離著眼青。

五　黃言章

呢喃雙燕出芳庭，倩影翩翩疾似霆。
才見雲端浮對剪，倏巡水面映流星。

六　洪玉璋

香巢共築影隨形，對語樑間舌轉靈。
喚盡有情人效爾，雙飛雙宿夢溫馨。

七　吳莊河

日暖風和斗指丁，雙飛燕燕影隨形。
安閒暱暱人歆羨，自在逍遙享鶴齡。

八　歐陽開代

春林秋去映池庭，羽影銜泥柳巷經。
王謝頹簷巢熟客，隨形裊裊舊情馨。

九　張耀仁

張舒尾剪影隨形，春燕歸來夢幾經。
不寫相思傳密耗，棲簷只愛語無停。

十　陳碧霞

掠水翻風舞紫翎，銜泥穿過綺窗櫺。
雙飛儷影神仙羨，共賞春光樂滿庭。

十一　姚啓甲

穿花掠水白蘋汀，趙女姿輕舞紫翎。
忽自橋邊斜麗影，知春喜入舊門庭。

十二　　林長弘

燕語呢喃繞庭户，上下于飛影隨形。
芳塵玉壘知歸客，一剪梅霜草木青。

十三　　張民選

日高穿户影隨形，粱上呢喃映畫屏。
對舞低回翻玉剪，疑為落葉入春庭。

十四　　甄寶玉

春燕歸來覓舊庭，雙飛剪柳影隨形。
頻頻往返因何事，黃口千呼豈敢停。

十五　　李玲玲

差池玉翦影隨形，嵌壘啣泥覓舊庭。
來去輕姿含睇景，宛如飛燕舞娉娉。

天籟吟社丁亥春季例會

二〇〇七年四月廿二日於台北「許一個夢」餐廳
次唱詩題：明窗，七言絕句，十二侵韻
左詞宗：張民選先生
右詞宗：洪淑珍女史

左元右十 陳麗卿

疏櫺日映破春陰，熠耀光芒豁我心。
展讀晴暉明入牖，一時興起動清吟。

右元左五 莫月娥

寄傲何當了俗心，珠簾半捲月方侵。
倘教大地無昏暗，不借螢光照夜深。

右眼左花 黃言章

牖淨櫺清日照臨，書香室暖豁胸襟。
勸君試拭心窗垢，好納光明赤子忱。

左眼 楊維仁

光輝朗透色如金，淅瀝輕敲韻勝琴。
晴雨各涵詩意好，小軒清淨佐閒吟。

右花左避 張民選

南窗華曜映花陰，滿室光芒喜照臨。
落紙翻書隨我意，欣哦壁上白頭吟。

左四右十五 陳麗華

螢窗似畫月華侵，眼底無瑕壁彩金。
覓句飛光明雪案，搖風更助竹松吟。

右四左十三 甄寶玉

晴光綠滿映窗臨，鳥囀枝頭頌雅音。
如笑春山多旖旎，當前美景動詩心。

右五左十二 許欽南

雲母疏櫺日影侵，披書案上喜光臨。
深欣展讀知音契，觀寫分明慰我心。

左六右避 洪淑珍

一片清明過雨淋，瑩瑩雪亮景光臨。
閒來寄傲舒望眼，如笑青山悅賞心。

右六 張耀仁

簾開戶牖曙光侵，引興閒依案畔吟。
自愧老來詩力退，遲遲下筆苦於心。

左七 黃明輝

花香光照透窗侵，舊事幾重情不禁。
貴賤樂幽猶淨鏡，開軒掬水月明心。

右七左八 余美瑛

素淨琉璃遠岫臨，芭蕉竹影伴長吟。
中天皓月明吾志，日日依窗鑑道心。

右八左十一

歐陽開代

夜靜銀光照竹林，珠簾搖曳動詩心。
明眸明月明窗共，唱玉終成乘興吟。

左九右九

陳福助

牖開覽盡此山林，勝境何須策杖臨。
若我心扉同一啓，朝迎旭日廓胸襟。

左十右十一

葉世榮

學子晴牕藉讀吟，玻璃返射亮金金。
螢光雪白追先哲，我喜疎櫺月色侵。

右十二左十四

許擁南

高樓接月玉光侵，竹影輕搖弄韻心。
坐望窗前聞夜笛，清輝共賞景如臨。

右十三

吳莊河

户外晴空日照臨，敲詩運筆倚窗尋。
騷人比試無聲響，燕處超然樂不淫。

右十四

蘇逢時

春風送暖曙光侵，牖下拈題和籟吟。
莫道文章遭末世，能教矯俗豁胸襟。

左十五

張國裕

輕紗淨几好調琴，素月時來伴奏吟。
座有詩人多潔癖，纖塵不敢透簾侵。

天籟吟社丁亥夏季例會詩作集錦

二〇〇七年六月十日於台北「許一個夢」餐廳
天籟吟社丁亥夏季例會首唱
詩題：競渡，七言絕句，十一真韻
詞宗：葉世榮先生

擬作 葉世榮

破浪龍舟賽午辰，喧天鑼鼓弔靈均。
力爭吾輩上流進，奪標情同不後人。

元 許欽南

端陽競渡水翻銀，鷁首穿波疾若神。
為弔忠魂思奪錦，凱歌高唱祭靈均。

眼 陳麗卿

破浪乘風淡水濱，龍舟決賽弔靈均。
佇看舵手齊飆技，奪標爭先不後人。

花 甄寶玉

角黍飄香弔楚臣，龍舟爭逐淡江濱。
喧天鑼鼓催聲急，勇奪標旗不後人。

四　洪玉璋

年年遙弔楚忠臣，午節龍舟鬧港濱。
破浪健兒揮槳出，看誰隊是奪標人。

五　黃言章

撾鼓敲鑼聚水濱，端陽競渡弔靈均。
齊心戮力爭先棹，拔奪標旗痛飲醇。

六　陳麗華

鑼鼓聲催倍有神，競舟擊楫力千鈞。
乍疑彩鷁凌風翼，奪錦齊心渡碧津。

七　柯有益

龍舟盛會沸江津，破浪爭先醉萬民。
濁世揚波何所適，汨羅空憶獨醒人。

八　許澤耀

端午龍舟點綴新，一聲號令幾忘身。
蛇行刁手爭旗幟，鑼鼓喧天震四鄰。

九　張民選

震天鑼鼓撼江濱，彩鷁爭飛勢萬鈞。
較量豈惟思奪錦，丹心喚醒弔詩神。

十　張國裕

龍舟鑼鼓起江濱，人湧如潮紀令辰。
奮勇爭先看奪錦，凱歌應可慰靈均。

十一　張耀仁

旗鼓爭喧淡海濱，龍舟競與弔靈均。
逢場老朽慵關渡，愛讀詩書仰古人。

十二　姚啓甲

夾岸旗搖競渡辛，蛟龍急槳奪標巾。
波翻捲起騷人志，奮力爭前效屈臣。

十三　楊維仁

龍舟競逐奮精神，運槳如飛不後人。
鑼鼓喧騰聲勢壯，看誰奪標傲群倫。

十四　林長弘

槳飛破浪奪標辛，戰鼓鼕鼕競五辰。
展卷離騷懷屈子，隔江何處覓忠臣。

十五　莫月娥

龍舟午節賽江濱，錦奪雙方不後人。
弔屈義深延楚俗，為爭勝負備艱辛。

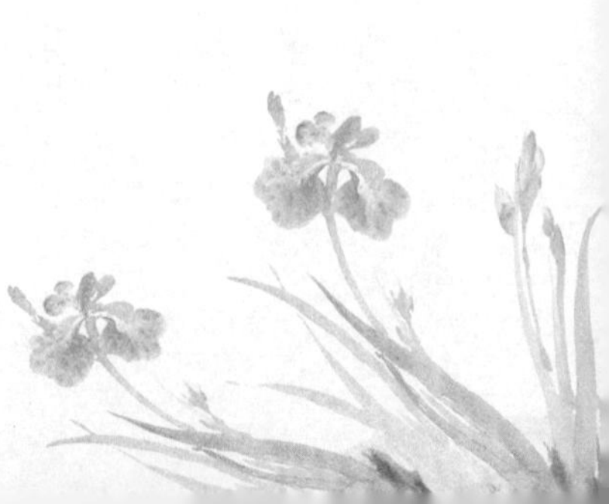

天籟吟社丁亥夏季例會次唱

詩　題：催詩，七言絕句，十蒸韻
左詞宗：張國裕先生
右詞宗：楊維仁先生

左元右避　楊維仁

捷才倚馬愧無能，字字煎熬似罰懲。
促逼苦中存妙趣，句成得意樂歡騰。

右元左眼　葉世榮

限時擊缽困騷朋，惱我推敲似賈僧。
雨下梅開佳句索，有無七步展才能。

右眼左十一　康英琢

才華苦澀感難勝，缽韻時時總促朋。
心急每因吟筆鈍，攤箋慚愧對書灯。

左花　余美瑛

擊缽聲催麗句徵，搜腸鬚撚典參憑。
辭新妙扣思風發，振藻珠圓雅頌承。

右花左六

莫月娥

吟鬚撚斷黑雲增，雨意騷情促轉承。
不是燃萁煎太急，句難立就見才能。

左四右四

洪玉璋

限時交卷促頻仍，稿積如山日益增。
索句未酬慚我拙，相逢焉敢對吟朋。

左五右十一

柯有益

鉢韻頻頻促可憎，枯腸搜徧苦難勝。
千秋可恨燃萁輩，七步於吾感慨興。

右五左十五

黃言章

搜盡枯腸汗水蒸，胸中無墨豈能勝。
起承轉結終成句，重擔冰消得意稱。

右六

張耀仁

老我平生仰少陵，閒來酒肆會騷朋。
賡酬恰遇催詩雨，憂國憂民感廢興。

左七右七

陳麗卿

絲雨綿綿雅興增，珠璣欲探對孤燈。
苦思忽得驚人語，奚借江淹妙筆能。

左八右十二

李玲玲

擊鉢鏖詩力未勝，為章琢句六神凝。
如梭寸晷催時急，鬚斷腸枯我自矜。

右八左九

張民選

督促聲喧壓力增，累人詩思逐雲騰。
騷壇白戰縱橫少，欲寫新詞急不能。

右九

歐陽開代

騷客爭元夢館登，拈髭靜坐似禪僧。
推敲今古聆天籟，擊鉢熬成氣血蒸。

左十右十

甄寶玉

苦吟未得嘆無能，埋首清齋伴夜灯。
究典翻書更漏急，詩詞促就日東昇。

左十二右十三

陳麗華

風雨瀟瀟逸興增，催吾摛藻一心澂。
驚聞刻漏三更盡，氣勢鏗鏘健筆凌。

左十三右十五

許擁南

見景思情感念興，無由得句對花稱。
拋開萬卷文思湧，何用搜尋古意承。

左十四

周福南

滿城風雨會吟朋，搜盡枯腸汗水蒸。
埋首案頭詞已就，元掄眼得榜名登。

左避右十四

張國裕

筆拙偏耽雅會興，每於交卷後吟朋。
鐘聲鉢韻頻頻促，七步燃萁愧不能。

天籟吟社丁亥秋季例會詩作集錦

二〇〇七年九月十六日於台北「許一個夢」餐廳
天籟吟社丁亥秋季例會首唱
詩題：大龍峒懷古，七言絕句，十二文韻
詞宗：張國裕社長

擬作 張國裕

名區風教付斜曛，小邑絃歌剩幾分。
不盡人間興替感，保安宮外憶前芬。

元 張耀仁

釋奠弦歌響入雲，由來師里尚斯文。
保安宮外園亭古，佇憶先賢不世勳。

眼 陳麗卿

龍峒自昔盛斯文，小邑絃歌處處聞。
趨謁人來老師府，紫薇郎匾罩塵氛。

花 張民選

遊人香客日成群，小邑絃歌惜未聞。
古設隘門同不識，漫尋舊跡憶斯文。

四　楊維仁

老師府第久揚芬，小邑弦歌自昔聞。
聖廟詩聲猶朗朗，恆年不墜屬斯文。

五　洪淑珍

旗杆高舉緬斯文，樹德門庭氣自芬。
教澤宏敷譽海曲，千秋配享史銘勳。

六　許欽南

龍峒駐馬仰斯文，振鐸人來獻藻芹。
歷劫書留麟史在，尼山師表永揚芬。

七　李玲玲

追憶龍峒慨萬分，宮牆無奈惹爭紛。
漢番共枕和融樂，聖廟甄陶大雅群。

八　陳麗華

龍峒魯殿勢凌雲，瞻仰先師薦藻芹。
憶昔千秋崇禮樂，堂前俎豆奏箎壎。

九　葉世榮

大峒區域昔人文，鼎盛儒風惠眾群。
已杳老師陳府在，千秋遺作史揚芬。

十　陳福助

昔與葫蘆一水分，仰懷師府燦斯文。
保安宮外園山畔，夕照歸來白鷺群。

十一　甄寶玉

夫子門牆重禮文，保生大帝佑黎群。
翻新古蹟精神在，教化長存淨俗氛。

十二　柯有益

秀舉旗杆耀禮文，廟庭鑼鼓幾回聞。
懷幽悦記苔牆外，舊巷人空寂暮雲。

十三　蘇逢時

憶昔龍峒萃雅群，維英師表久揚芬。
宮牆萬仞儒風盛，化雨徧沾立大勳。

十四　洪玉璋

好趁清秋踏曉昕，龍峒幽處欲生雲。
當年孔廟巍爭仰，到此難忘尚揖芬。

十五　許擁南

師府文風義舉聞，滄桑舊地感書薰。
珍存古蹟名揚展，歷久彌新氣雅芬。

天籟吟社丁亥秋季例會次唱

詩　題：紅綠燈，七言絕句，七陽韻
左詞宗：葉世榮先生
右詞宗：洪玉璋先生

左元右十四　張民選

號誌燈明道四方，停看遵守禍能防。
人生處世同相似，規矩存心不可忘。

右元　余美瑛

萬人如海我為王，三色燈明法有章。
世路行舟應是作，知時進退哲思藏。

左眼右十一　甄寶玉

紅綠分燈豈可忘，依循進退不徬徨。
縱然十字人生路，未作投機保吉祥。

右眼左五　陳麗卿

十字通衢日夜忙，燈紅硬闖恐罹殃。
人車往來須停看，虎口安危慎莫忘。

左花　陳麗華

紅綠燈懸大道旁，行來虎口莫疏狂。
雙叉路慎停看聽，指引吾人走正方。

右花左十一　柯有益

街頭閃熄認燈光，必止該行且莫忙。
晝夜交通維秩序，紅停綠進保安祥。

左四　陳福助

交通輔佐設康莊，警示人車閃亮光。
今日街頭如虎口，遵行切記莫猖狂。

右十四左十二　張耀仁

人車往來守規章，注意安全免死傷。
綠進紅停燈閃號，井然有序樂康強。

右五左九　蘇逢時

交通秩序藉燈光，紅綠分明慎莫忘。
寄語滔滔諸駕駛，好教守矩勿猖狂。

左六右八　楊維仁

燈明紅綠立綱常，行止非憑自主張。
來往倘能循矩範，世間何路不康莊？

右六左十四　黃言章

大道通衢虎口張，交通秩序我維綱。
紅停綠進恆遵守，蹈矩循規事故妨。

左七右十三　李玲玲

氣盛飛車似脫韁，交叉路口虎狼崗。
人生道上知行止，紅綠燈前莫慌忙。

右七左十

許欽南

綠行紅止保安康，明滅燈花日夜忙。
但願交通規則守，人車莫作等閒忘。

左八右避

洪玉璋

燈分紅綠掛街旁，管控交通設計良。
車輛行人嚴守則，喜無肇禍與傷亡。

右九左十三

洪淑珍

傲立街頭導四方，循規輪換亮光芒。
人車行止分明辨，通暢安全具保障。

右十

張國裕

權司行止閃其光，顏色規嚴法至剛。
寄語看朱成碧者，人車共守策安祥。

右十二左十五

林長弘

交通混雜使人忙，燈綠紅黃導正方。
斑馬線前應慢讓，遵行守法永嘉祥。

右十五左避

葉世榮

十字街頭指示光，安全行止勝康莊。
免教虎口殘生地，屬意人人引領望。

天籟吟社丁亥冬季例會詩作集錦

二〇〇七年十二月十六日於台北「許一個夢」餐廳
天籟吟社丁亥冬季例會首唱
詩題：石油危機，七言絕句，十三元韻
詞宗：莫月娥女史

擬作　莫月娥

居安思及警心存，意識民生力可宣。
縱使太陽能取代，也須節約惜資源。

元　許澤耀

蘊藏漸竭撼乾坤，協定京都孰可論。
生質材油當務集，先端科技拓能源。

眼　陳麗華

石油稀少恐無存，工業民生兩失跟。
節約能源齊戮力，多方替代共支援。

花　張民選

因將罄竭覓無門，價漲驚聞百美元。
當局不應求暴利，先謀睿策代能源。

四　張國裕

瀕臨枯竭嘆能源，節約呼聲舉事掀。
替代石油無著落，危機待解拯元元。

五　黃言章

石油日蹙世憂煩，物價翻騰股市昏。
代品覓尋當務急，潛心研發好能源。

六　林　顏

原油欠缺世人煩，百業蕭條失利源。
研發節能尋替代，危機化解壯家園。

七　楊維仁

物稀而貴倍崇尊，利樂民生賴以存。
價漲連年無止限，萬邦經濟為驚魂。

八　余美瑛

原油操縱亂根源，萬國金融覆手翻。
節用藏餘尋代物，方能免任作鯨吞。

九　葉世榮

全球取竭慮能源，科技人才共討論。
節省又研能替代，一勞永逸斷煩根。

十　洪淑珍

油價簸揚經濟翻，不堪廢氣禍家園。
節能差可舒眉急，正本當求替代源。

十一　林長弘

地下原油發展源，探勘欲盡令憂煩。
高昂物價黃金貴，萬事紛爭動國根。

十二　洪玉璋

油價狂飆恐懼存，高呼世界惜能源。
要知一滴如生命，衛國與家不二門。

十三　陳麗卿

油源漸涸漲連番，危及工商一息存。
最是日能開發急，轉機在即惠元元。

十四　黃明輝

今年油價貴雙翻，明歲萬般漲語喧。
已見全民長嘆息，起行珍惜此能源。

十五　康英琢

全球經濟靠油源，價格攀飆各國煩。
地質斗溫多影響，中東出產減盈門。

天籟吟社丁亥冬季例會次唱

詩　題：詩夢，七言絕句，四支韻
左詞宗：陳福助先生
右詞宗：陳麗華女史

左元右六　莫月娥

筆花爛熳句新奇，寫盡風流午夜時。
不似黃粱驚一醒，才華枕上展無遺。

右元　張民選

日吟名句產胡思，一枕神交亂賦詩。
筆寫追三唐六代，黃粱夢斷愧人知。

右眼　葉世榮

入寐吱唔誦楚詞，驚醒妻小睡酣時。
江郎韻事唯心願，夢想生花筆一枝。

左眼右九　許欽南

欲學探驪覓小詩，黑甜鄉裡認迷離。
朦朧得句情無限，春草池塘吐鳳奇。

左花右避

陳麗華

南柯得意正裁詩，枕上吟魂逸興馳。
筆下生花風雅事，但教夢蝶慰相思。

右花左十三

洪淑珍

筆花如粲句神奇，正訝工夫得意時。
霹靂一聲驚醒處，原來枕上蝶來嬉。

左四

陳麗卿

大地霜飛睏不支，蘧蘧酣夢與飛馳。
朦朧借得江淹筆，揮灑生花句最奇。

右四

歐陽開代

宋玉巫山雲雨怡，莊公高枕蝶穿枝。
日間煩惱誰能解，夜半牀中自在詩。

左五

許澤耀

卅載磋跎遠讀詩，風流雅事總無遺。
江淹授筆勤平仄，不負白頭可再追。

左六左十五

陳碧霞

人生願景百篇詩，不讓憂歡只自知。
麗句情詞存萬世，文中寄語夢相隨。

左七右七

張國裕

耽吟鄉入黑甜時，平仄喃喃寐語奇。
愧我無花開禿筆，遊仙容易藻難摛。

左八右十

林長弘

燈細更長入夢時，南柯世界覓新詩。
池塘春草生花妙，探得珠璣醒後知。

右八左十一 李玲玲

落紙風花金玉垂，才疏學淺思難馳。
南柯寄語心言訴，好向江淹借筆為。

左九右十二 黃言章

鷗盟勝日萃瑤池，擊缽鏖詩覓巧思。
妙筆生花終壓卷，孰知夢醒願支離。

左十右十一 黃明輝

眠淺神遊七字奇，兼無夢筆吐新詞。
被翻枕落誰能賦，啼後猶遺一句宜。

右十三左十五 余美瑛

七寶樓臺宛約詞，陶韋李杜具吾師。
含英築夢書心志，一寫今生傲雪姿。

左十四 姚啓甲

晨昏搜腸苦尋詩，琢句幾成入枕之。
借向夢中何所似，花開滿筆迓朝曦。

右十四 林顏

相逢勝會喜添眉，圓夢餐廳寫小詩。
覓句推敲揮健筆，騷朋摛藻盡珠璣。

天籟吟社戊子春季例會詩作集錦

二〇〇八年三月三十日於台北「許一個夢」餐廳
天籟吟社戊子春季例會首唱
詩題：春遲，七言絕句，十四寒韻
詞宗：楊維仁先生

擬作 楊維仁

小園春半氣猶寒，淡綠疏紅未愜歡。
望眼東君幾時到，殷勤獨自倚欄干。

元 洪淑珍

柳眼慵舒未了寒，寧知愆候聖嬰干。
今朝喜聽春雷發，錦繡江山指日看。

眼 莫月娥

了無芳訊鎖眉端，人面桃紅一瞥難。
莫怪催花頻擊鼓，司權東帝步跚跚。

花 洪玉璋

卅年罕見天偏冷，四月將臨雨尚寒。
因反聖嬰花稍晚，了知環保逼眉端。

四　陳麗華

二月東風帶雨寒，南枝未發訝姍姍。
無花對酒空謳句，直欲尋春興未闌。

五　陳麗卿

如何蒼帝蒞姍姍，柳未舒條蕊未丹。
料峭風棲遲不去，芳菲綻晚怯春寒。

六　林長弘

細雨斜風料峭寒，四圍放眼景闌珊。
庭梅亦恨陽和晚，春信來遲拾夢難。

七　許欽南

尋春幾度踏峰巒，未見鵝黃綴柳端。
何日寒流如水過，東風駘蕩盡騰歡。

八　林　顏

春風料峭遍嚴寒，柳困花遲蝶夢姍。
願禱東皇催送暖，昭蘇大地萬家歡。

九　吳莊河

立春前後雨風寒，不見花香鳥語歡。
盼望東皇迎日出，清和氣暖敞心寬。

十　黃明輝

二月猶驚刺骨寒，拒霜欲向酒壺乾。
山櫻不放嫌春晚，有約遲花霽後看。

十一　歐陽開代

二月江山猶峭寒，東皇昏醉起姍姍。
南枝芳杳嘆遲綠，應否公投易帝冠？

十二

張耀仁

清明已近雨猶寒，待放花枝竚嶺看。
有島如舟憂覆沒，新雷霹靂響雲端。

十三

柯有益

翹企青皇駕玉鞍，慢來是否路漫漫。
南枝待放東風誤，無奈花期賞亦難。

十四

李玲玲

東風送暖步姍姍，三月鵾城未怯寒。
疑恐聖嬰時序亂，春花綻晚亦欣看。

十五

許澤耀

凍鎖全台臘後寒，霜風逆襲莫憑欄。
樓臺靜待春天燕，料峭雲低夜杳漫。

天籟吟社戊子春季例會次唱

詩　題：流觴，七言絕句，十一真韻
左詞宗：張國裕先生
右詞宗：張耀仁先生

左元右四　葉世榮

浮杯暢飲禊修辰，老少吟風曲水濱。
我輩永和承韻事，風流不減晉朝春。

右元左十　林　顏

白戰鵑城值仲春，蘭亭雅繼鷺鷗親。
一觴一詠同歡樂，難得詩情伴老身。

左眼右六　莫月娥

韻事蘭亭樂最真，幾彎清澈水如銀。
群賢畢至情無異，盪漾杯浮醉脫塵。

右眼　洪玉璋

淡江濱作曲江濱，不減風流效晉人。
芳旦群賢欣畢至，杯浮同醉太平春。

左花右十一　　鄞　強

上巳佳期會雅人，寧無洛飲賦詩頻。
今朝彷彿蘭亭集，曲水流杯頌令辰。

右花左十四　　洪淑珍

駘蕩韶光上巳辰，共修禊事曲江濱。
盃浮綠水傳高詠，風雅誰如天籟人。

左四右十　　楊維仁

修禊蘭亭醉錦春，千秋風韻雅無倫。
豪情我欲偕良友，詩酒聯歡樂最真。

左五　　吳秀真

綠波暖漲十分春，上巳浮盃意與親。
韻事蘭亭欣得繼，一時佳句競清新。

右五　　余美瑛

欲效蘭亭拾翠人，飛觴流水詠芳辰。
詩風隱逸凌雲筆，共此鷗朋坐忘塵。

左六右十四　　陳麗卿

弘開勝會稻江濱，禊飲杯傳上巳辰。
援晉蘭亭觴詠事，天教盛世雅風頻。

左七右避　　張耀仁

文期酒會萃佳賓，仿古流觴趣倍真。
筆健詩仙誰不醉，心怡芳草一池春。

右七左十二　　黃明輝

天籟文章翰墨新，群賢畢至盡詩人。
看誰奪錦留佳韻，許夢傾杯暢潤春。

左八右十五 許欽南

萬點飄香沼澤濱，園林正暖鳥鳴春。
雅人欲效蘭亭禊，曲水流觴意味新。

右八 康英琢

東風有意欲留賓，鳥語多情伴醉人。
濁酒一杯聊永日，樓台雅客笑相親。

左九右十三 黃言章

桃江波漲鷺鷗臻，曲水浮觴共飲醇。
秡禊添詩摛藻樂，觥籌交錯餞芳春。

右九 李玲玲

鷗鷺摛詩志自伸，隨波泛酒趁芳辰。
欣聞此興今時見，賦雅風流學古人。

左十一 歐陽開代

紅綠亂開爭萬民，蘭亭上巳感懷真。
流觴曲水忘名利，朝槿人生蕙畝伸。

右十二 許擁南

白石清泉碧草茵，臨風對酒會芳辰。
懷詩寄遠情飄逸，慰藉心靈效古人。

左十三 甄寶玉

氣朗時和景物新，名園雅緻薈騷人。
吟詩把酒當行樂，上古流風莫負春。

左十五 陳麗華

蘭亭修禊正逢春，騷客臨池句門新。
琥珀杯光浮曲水，耽吟物外月傾銀。

天籟吟社戊子夏季例會詩作集錦

二〇〇八年六月廿九日於台北「許一個夢」餐廳
天籟吟社戊子夏季例會首唱
詩題：梅雨過後，七言絕句，十五刪韻
詞宗：張國裕先生

擬作 張國裕

梅林不復聽潛潛，萬里晴光照宇寰。
滌淨黃酸新景象，蓮花映日正開顏。

元 林長弘

殘滴凝珠爽氣攀，遠看野色翠連山。
囂塵洗盡花鮮豔，但覺神怡性亦閒。

眼 陳麗華

黃梅雨霽水潺湲，萬物均霑遍宇寰。
蛙鼓蟬琴迎夏日，詩心頓覺與鷗閒。

花 洪玉璋

梅熟黃時四月間，鬱蒸成雨弄潺湲。
連旬去了天晴朗，綠野人耕定解顏。

四　莫月娥

止渴津生指望間，絲絲已斷喜開顏。
流酸點滴留回味，霽色青含愛晚山。

五　張民選

熟梅天氣雨終還，排悶開軒樂展顏。
晴翠迎眸遊興起，明朝行腳水山間。

六　林　顏

雨霽雲開步草山，沿途景麗意休閒。
荷風吹拂黃梅熟，覓句尋幽俗慮刪。

七　陳麗卿

雲開不復雨潺潺，天水澄明映遠山。
梅熟誰云花事淡，酣陽榴火燦人寰。

八　張耀仁

肥梅淫雨欲沉山，乍喜雲收夕陽閒。
竹葉扶疏消暑氣，榴花似錦放溪灣。

九　康英琢

落梅雨後滿溪山，白鷺翱翔倦自還。
遠近蟬聲蛙鼓響，飛泉激石滾流潺。

十　許澤耀

出梅雨霽日方殷，望眼藍天入夏閒。
苦熱炎風燎大地，神仙悶坐不開顏。

十一　黃明輝

一身濕漉滴花顏，催盡殘春日不閒。
葵扇欲涼瀕作勢，何如避暑雪梨灣。

十二　許欽南

梅雨霏霏洗宇寰，解除旱象濟時艱。
天晴四境風光麗，喜見榴花笑絳顏。

十三　洪淑珍

黃梅雨止豔陽頒，蟬韻催榴醉了顏。
我喜曝書兼曝被，芸香浮蕩一庭間。

十四　許擁南

一番九雨苦農顏，幾度辛勞付水潺。
鋒面滯留成巨害，田園重整步唯艱。

十五　余美瑛

衣葛梅消竹雨間，蕉窗午院不寬閑。
民聲撻伐良無策，吐哺周公淚髮斑。

天籟吟社丁亥夏季例會次唱

詩　題：榴風，七言絕句，四支韻
左詞宗：莫月娥女史
右詞宗：洪玉璋先生
二〇〇八年六月廿九日於台北「許一個夢」餐廳

左元右眼　張國裕

塗林異種豔新奇，色倩南薰煽火時。
寄語風前觀妓客，紅裙未必妬花枝。

右元左避　莫月娥

五月明當照眼時，飄飄豈在展紅姿。
花名有石心應定，底事輕搖向晚吹。

左眼右十三　張民選

朱夏榴花豔曳枝，紅苞坐看拂風吹。
產於西域殊香送，習習傳涼照眼奇。

左花右四　葉世榮

妬煞裙紅朵朵垂，熱情火似舞封姨。
天憐酷日花顏醉，多謝涼生不斷吹。

右花左十　許澤耀

夏日風輕綠柳枝，石榴似火透紅肌。
清微陣陣無窮意，一片情懷欲寄誰。

左四　洪淑珍

榴風澹蕩出編籬，微帶清香拂面吹。
逭暑何須冰與藕，驅炎一樣不功虧。

左五右十一　林長弘

薰風習習動榴枝，五月催花絳豔姿。
果色如霞紅噴火，飄香笑日寸心知。

右五左十一　陳麗卿

習習風薰五月時，搖紅榴火影參差。
涼生坐把瑤琴撫，慍解靈臺更賦詩。

左六右九　許欽南

薰風輕拂樂無涯，五月榴花呈豔姿。
燒得乾坤同鼎沸，好栽蒲扇納涼時。

右六左八　黃言章

榴火通紅映綠池，驪歌遍唱賦分離。
薰風解慍婆娑影，最是操觚染翰時。

右七左十五　張耀仁

習習薰風拂此時，丹榴放蕊雜青枝。
閒來小飲層樓上，乘興逍遙又寫詩。

左八　康英琢

榴紅五月熠叢枝，適合騷人詠賦詩。
閃電雷聲輕帶動，涼風拂拂鬢前吹。

右八左十三　林　顏

絳豔花開絕世姿，如霞似錦景尤奇。
燒空照眼薰風蕩，引起騷人共鬥詩。

左九右十二　許擁南

清和笑日賞花時，一片榴紅噴火奇。
野寺無塵香氣溢，怡神去俗自心知。

右十　余美瑛

榴紅映日步荷池，解慍輕搖瑪瑙姿。
半拂紗簾新綠旆，扶疏淡蕩正催詩。

左十二右十五　黃明輝

花事無新五月疲，唯妍照眼剪紅姿。
侵簾搖影欹窗架，爭得佳詞向客吹。

左十四　楊維仁

徐風仲夏恰時宜，催就榴花豔色奇。
習習深涵摹染妙，朱紅映得碧參差。

右十四　鄭中中

榴風舞竹意難支，薄酒清歌欲賦詩。
箋上裁詞帶新醉，其中有夢不談悲。

天籟吟社戊子秋季例會詩作集錦

二〇〇八年十月五日於台北「許一個夢」餐廳
天籟吟社戊子秋季例會首唱
詩題：台北孔廟重修竣工，五言律詩，一先韻
詞宗：葉世榮先生

擬作 葉世榮

龍峒修聖廟，再慶告工竣。
立教千秋範，成名七二賢。
崔巍真偉建，輪奐美完全。
昔日民資築，今殊府付錢。

元 陳麗卿

孔廟龍峒聳，重修一煥燃。
殿堂誇偉麗，廊廡望明鮮。
簷繪丹青古，壁雕花鳥妍。
大成安座慶，鐘鼓震霜天。

眼 莫月娥

經歷春秋久，重修美奐然。
尼山崇聖哲，泗水育才賢。
廟貌今非昔，宮牆聳更堅。
龍峒文化地，鐸韻震雲天。

花 張國裕

聖廟重修畢，鳩工啓盛筵。
池芹秋亦馥，壇杏日增妍。
禮樂欣維古，詩書雅繼先。
龍峒添藻彩，侖奐奉文宣。

四

孔廟龍峒聳，竣修殿閣妍。
名師能啓後，俊秀得承先。
萬仞宮牆壯，千秋聖道傳。
絃歌喧北邑，闡教育英賢。

鄞強

五

補葺完工日，乾坤萬象妍。
同參夫子廟，正值菊花天。
萬仞宮牆壯，千秋俎豆虔。
翻新存舊貌，奕世繼薪傳。

陳麗華

六

修繕過三載，廟容欣煥然。
宮牆重仞美，泮水滿池鮮。
尊禮隆安座，弘儒立講筵。
常民來仰止，洙泗道長綿。

洪淑珍

七

燕賀竣工日，重來拜聖賢。
棟樑光燦爛，鐘鼓韻纏綿。
俎豆千秋盛，香煙萬載傳。
觚稜昭勝跡，衛道配文宣。

許欽南

八

三載翻修復，令辰安座先。
殿開文教旺，節居豆籩虔。
禮樂循周典，規模入國篇。
人情歸孔道，經政盛緜緜。

張民選

九

修竣歷有年，殿貌復光鮮。
釋奠莊嚴發，樂聲悠遠傳。
宮牆高萬仞，弟子育三千。
至聖教無類，伊誰此德延？

李玲玲

十

林顏

萬仞宮牆壯，重修廟貌妍。
竣工欣北市，擊缽震中天。
風雅千秋繼，經書一脈延。
鷺鷗詩獻頌，道統永流傳。

十一

許澤耀

大廟經書展，朗聲繞殿椽。
落成巡禮古，修復氣氛鮮。
學塾騰詩韻，黌宮出達賢。
儒家傳百世，教育續千年。

十二

黃言章

修復竣工慶，鵾城孔廟妍。
廣庭存古樸，弘宇蘊新鮮。
成殿堂光璨，黌門貌煥然。
琅琅聲再續，聖道益緜延。

十三

楊維仁

孔廟完修葺，儀型一煥然。
殿堂新壯麗，文物舊清妍。
禮樂循規制，馨香薦聖賢。
龍峒崇釋奠，六藝慶重宣。

十四

許擁南

至聖先師府，重修衛道延。
煥然新氣象，美則老彌堅。
四季香煙盛，三秋祭典傳。
文宣雖已遠，懷古益思賢。

十五

甄寶玉

孔廟翻新後，莊嚴聳九天。
師牆雖萬仞，弟子及三千。
勝景觀光地，高歌禮樂篇。
尼山傳聖道，亙古仰先賢。

天籟吟社戊子秋季例會次唱

詩　題：清秋，七言絕句，二蕭韻
左詞宗：莫月娥女史
右詞宗：陳麗卿女史

左元右五　林　顏

金風涼送菊花嬌，氣爽登高遠市囂。
雁字書空天倒影，一簾秋色筆難描。

右元左十五　陳麗華

宜人爽氣物華撩，野色澄清畫景饒。
萬里霜天連海碧，寒光竹韻筆難描。

左眼右眼　黃言章

天高氣爽火雲銷，攬勝登臨逸興饒。
碧水幽潺黃菊傲，儘收佳景入詩瓢。

左花右九　林長弘

初傳霜信逸清朝，暑退涼生月色嬌。
翠嶺染紅山影瘦，秋聲處處菊香飄。

右花左五　楊維仁

莫將愁緒怨蕭蕭，別有涼生氣韻嬌。
迎面金風頻薦爽，單車漫踏任逍遙。

左四右八　李玲玲

金風颯颯桂香飄，絢彩蟾華透竹搖。
一抹秋思浮月夜，財經何日去蕭條？

右四　許擁南

秋月當空萬里嬌，湖光倒影映雲霄。
桂花一夜留香過，只待金風再望潮。

左六右避　陳麗卿

秋山如畫遠喧囂，霜染楓紅分外嬌。
一野無塵風薦爽，盤桓終日樂陶陶。

右六　余美瑛

金風爽氣挹清飈，水火黎民肺腑焦。
廟器猶知星拱月，三班詔令亂塵霄。

左七右十五　歐陽開代

天涼雁去葉疏凋，籬菊瀰芳圓月嬌。
黃酒白雲吟李杜，心怡清境自逍遙。

右七左十二　甄寶玉

金風送爽暑炎消，虎字碑前相約邀。
古道芒花翻雪浪，神清融景樂逍遙。

左八右十一　葉世榮

西風涼爽聽蕭蕭，三徑花開遠市囂。
省識拾遺生雅興，朗吟八首氣干霄。

左九　許欽南

一夜西風暑氣消，庭梧葉落影飄飄。
詩思啓我蓴鱸念，張翰鄉心入夢宵。

左十右十三　周福南

天高玉露柳千條，夜靜和笙琴瑟調。
鷗鷺扶筇穿菊徑，秋光萬里任逍遙。

右十左避　莫月娥

階前梧葉湧思潮，載酒登高逸興饒。
秋水望穿廉潔現，長天一線正炎消。

左十一右十四　洪淑珍

金風颯爽遍雲霄，瘦影已然籬畔嬌。
怎奈憂時傳毒禍，了無賞興只心焦。

右十二　張國裕

山明境淨瑞氛饒，聖廟工竣似玉彫。
萬仞宮牆真不染，豈因瘋馬惹塵囂。

左十三　黃明輝

雁行漸沒晚清寥，坐椅庭台探葉凋。
心清滄桑多憾事，無情一笑卻愁描。

左十四　許澤耀

碧雲落葉飾江橋，白露清風遠市囂。
回首大千人世相，空無頓悟意心超。

天籟吟社戊子冬季例會詩作集錦

二〇〇八年十二月廿一日於台北「許一個夢」餐廳

天籟吟社戊子冬季例會首唱

課題：全球金融風暴，五言律詩，二蕭韻

詞宗：陳麗卿女史

擬作 陳麗卿

金融掀海嘯，舉世大蕭條。
惴惴商機潰，遑遑景氣凋。
萬邦施猛藥，百業挽狂潮。
春燕何時返，論題日夜燒。

元 張國裕

經濟頹風湧，環球景氣凋。
金融瀕紊亂，財貿陷蕭條。
愧我持籌拙，其誰策計超。
倘來端木賜，拯世靖狂潮。

眼 陳麗華

金融風暴起，經濟日蕭條。
股是全球跌，災非一旦消。
官方言有策，民緒感無聊。
失業知多少，心如蠟炬燒。

花 楊維仁

經濟轉蕭條，萬邦商務凋。
裁員掀駭浪，失業捲狂飆。
國計昏如晦，民生渴欲焦。
幾時甦景氣，宇內鬱霾消。

四 張民選

寰宇金融亂，洶如湧海潮。
商情傳慘澹，景氣嘆蕭條。
企業連天倒，銀行跨國搖。
誰容寬信用，困境害民挑。

五 莫月娥

經濟趨衰退，全球失業潮。
危機談色變，良策阻風飆。
股市隆冬冷，商場霸氣消。
金融吹海嘯，國際豈無搖。

六 歐陽開代

總統雷根上，金融放任標。
美邦繁衍卷，寰宇浸狂潮。
風暴無時起，山崩萬樹搖。
殷望新領導，策對好逍遙。

七 林　顏

雷曼風雲變，全球景氣凋。
崩盤衝股市，失業起波潮。
共體時艱苦，同興國富饒。
金融期穩定，經濟解蕭條。

八 洪淑珍

金融風暴起，股市挫朝朝。
急撤投資案，衍生失業潮。
輿情難抑遏，景氣更蕭條。
各國修財測，復蘇時日遙。

九 洪玉璋

美國因房貸，災傳迅若猋。
萬邦悲肅殺，百業慘蕭條。
貨幣嚴精控，融資善節調。
危機猶未解，更令世人憔。

十

甄寶玉

雷震驚天下，金融激浪潮。
投資多失敗，作業幾蕭條。
風暴今猶迫，冬寒久未消。
堅貞梅傲雪，春後望晴霄。

十一

林長弘

經濟危機急，低迷塌颯飆。
全球皆席捲，鯤島亦飄搖。
驚見殷商苦，愁看失業潮。
何時興景氣，紓困解蕭條。

十二

葉世榮

大千雷曼害，四海起洶潮。
經濟強颱颳，工商景氣凋。
教人愁活計，舉世嘆蕭條。
溯再錢淹日，賢能鼎鼐調。

十三

許澤耀

二房風湧起，地動撼天搖。
世界飛寒雪，全球吼夜潮。
蕭條如幻影，通縮似塵囂。
紓困嗷嗷待，何時後市飆。

十四

許擁南

經濟全球退，金融泡沫消。
股災掀海嘯，房貸潰山焦。
良計千方出，上謀一策招。
同心齊力渡，逆轉勝旗飄。

十五

蔡飛燕

提升經濟業，榮景盼明朝。
國際金融拯，民生政策標。
危機齊挽救，泰運共徵招。
群眾信心振，和諧社會邀。

天籟吟社戊子冬季例會次唱

詩　題：新晴，七言絕句，十五刪韻
左詞宗：黃言章先生
右詞宗：陳麗華女史

左元右眼　許欽南

窗前不復雨潺潺，臘月初晴笑展顏。
應是皇天憐世苦，故教旭日淨塵寰。

右元　周福南

金融衰退濟時艱，遍地哀鴻淚欲潸。
日麗冰消青帝至，熹光萬里照鄉關。

左眼右九　柯有益

連綿雨霽日初殷，一色江天望遠山。
心逐曦光開朗處，布帆無恙賦刀環。

左花右花　楊維仁

難得清輝葭月間，九天垂照暖塵寰。
財經久被寒冰困，也盼晴烘景氣還。

左四右七 莫月娥

陽光一線露窗間，雨霽雲開淨遠山。
乍見蛛絲添屋角，陰霾掃盡展歡顏。

右四左八 張國裕

陰霾掃淨日初殷，霽色峰如抹翠鬟。
重沐陽光花亦笑，南枝幾點展歡顏。

左五右十 鄞　強

戊子年終霽色開，騷朋鬥句樂開顏。
深期我輩心和洽，好媲晴空萬里山。

右五左十 洪玉璋

瀟瀟鎮日掩柴關，乍見雲收展笑顏。
約友龍峒文物賞，合將攻錯借他山。

左六 葉世榮

初昇麗日見青山，雨過遊人一展顏。
大好江山開景象，陰霾掃盡喜春還。

右六左避 黃言章

連日陰霾冷雨潸，晴空乍現氣溫還。
萬山若洗紅光燦，積鬱煙消笑逐顏。

左七右十四 林長弘

綿綿細雨洗塵寰，新霽晴空綻笑顏。
入畫浮嵐冬醉舞，江天一色伴心閒。

左八右十一 張民選

陽生葭動日初還，喜迓晴光展笑顏。
獻履迎長華曜現，陰霾一掃樂人寰。

右八　洪淑珍

葭灰揚起日開顏，遠岫含青雲半閒。
邀得知交扶杖起，一舒胸臆鬱愁刪。

左十一　許擁南

連綿細雨漫遮山，四野流光暗淡間。
剎那天空雲際散，尋芳賞景笑開顏。

左十二右避　陳麗華

晴光冉冉笑開顏，筆下乾坤俗慮刪。
歲暮情高吟白雪，咚咚臘鼓送春還。

右十二　陳麗卿

連朝陰雨斂塵寰，霽色初開意自閒。
梅弄晴窗花亦笑，闔家坐賞樂開顏。

左十三右十三　余美瑛

晴飛玉嶺擁鄉關，霽色初光度素顏。
暖到南枝迎賀至，新添一線錦春還。

左十四右十五　甄寶玉

雨霽陽光映碧山，心情愉悅感休閒。
邀朋户外尋幽去，天地悠遊效白鷴。

左十五　張秀枝

凝寒怯嫩日初還，萬象新烟柳眼班。
鶯覺晴光稍則蹤，風消積雪換山顏。

天籟吟社己丑春季例會詩作集錦

二〇〇九年二月廿一日於台北「許一個夢」餐廳
天籟吟社己丑春季例會首唱
詩題：熊貓，七言絕句，三肴韻
詞宗：張國裕先生

擬作 張國裕

參觀珍獸擠春郊，屢贈盟邦佐外交。
尋得自由不思蜀，團哥圓妹築香巢。

元 莫月娥

不因思蜀鎖眉梢，寄望團圓敵意拋。
食竹更添君子氣，兩無猜忌洽如膠。

眼 姜金火

稀珍國寶贈臺胞，兩岸敦和舊怨拋。
祈願貓熊招瑞兆，團圓美夢締心交。

花 許欽南

貓熊可愛勢咆哮，黑白皮毛體態姣。
為睦邦交頻使外，思鄉苦憶蜀山坳。

四
吳莊和
受命團圓別蜀郊，一身烏白是非拋。
芬芳嫩竹非藍綠，齒鋭無聲是野肴。

五
李玲玲
貓名熊屬惹人嘲，一臉無辜未忍拋。
兩岸情仇誰可解，團圓出使締邦交。

六
翁惠貹
兩岸言和己見拋，貓熊海嶠築新巢。
團圓逗趣撩情樣，笑語時聞滿市郊。

七
楊維仁
巧營金谷供居宿，上選青筠作饍肴。
尊養何曾移夙志，從來黑白不紛淆。

八
康英琢
貓熊食竹住山坳，與世無爭俗慮拋。
獸類之中稱國寶，依從聖旨做邦交。

九
黃明輝
嬉玩臥龍雲霧交，胡為不軌逼離巢。
身肩重任團圓夢，黑白分明是諷嘲。

十
陳麗卿
毛鑲黑白不紛淆，一步三搖詎畏嘲。
憨態逗人爭睹熱，臥龍嬌客惠臺胞。

十一
洪玉璋
威同虎豹怒時咆，饑即雙雙啃竹梢。
先睹團圓饒豔福，未將遊興等閒拋。

十二　鄞強

促進和平兩岸交，貓熊可愛竹林咬。
逗人親善同觀賞，老少咸宜俗慮拋。

十三　林顏

稀有貓熊兩岸交，園中動物奪前茅。
爭先恐後人如鯽，為睹芳顏萬事拋。

十四　歐陽開代

披裘黑白態怡姣，熊體貓情漫竹茅。
國寶慨然蓬島贈，秦家木馬費推敲。

十五　李柏桐

黑白分明隱竹巢，溫和獨善世情拋。
從來不與爭名利，豈料離鄉作統交。

天籟吟社己丑春季例會次唱

詩　題：歡顏，七言絕句，九青韻
左詞宗：周福南先生
右詞宗：許欽南先生

左元右八　張秀枝

擒藻迎春草木靈，風光旖旎集芳庭。
美人回首秋波剪，一笑花開氣轉馨。

右元左十二　洪淑珍

東風扶暖百花醒，無限韶光著眼青。
顏為賞心煙景綻，高吟看我樂忘形。

左眼　翁惠貹

歡顏駐足夢餐廳，騷客敲詩競性靈。
健筆生花翻墨浪，珠璣成句不曾停。

右眼左十　莫月娥

心花怒放倍溫馨，一笑春風樂滿庭。
羨煞老萊衣舞綵，慈容可掬喜忘齡。

左花 李柏桐

為敲一字待詩靈，困惑江郎不得寧。
突閃螢光神感應，歡顏綻放悅深銘。

右花左四 張國裕

春風滿面樂忘形，博粲嬌孫格外靈。
福壽雙全身矍鑠，慈容含笑有餘馨。

右四左避 周福南

春風燕語入新庭，麗日鶯啼柳色青。
寶島緋櫻爭豔醉，聯歡觴詠喜忘形。

左五右避 許欽南

顰眉展處頻遺興，笑臉開時喜忘形。
省識桃花人面好，欣看梅杏盡飄馨。

右五 陳麗卿

逗歡鶯燕暢心靈，柳眼桃渦綻不停。
春色有情難忘酒，相隨花下醉芳馨。

左六右十五 張民選

春風滿面喜隨形，遍染周遭笑不停。
樂緒傳人功德大，千金難買許長齡。

右六左九 姜金火

迎春墨客聚香廳，日照紗窗茶酒馨。
老友深情相祝福，歡顏笑語樂盈庭。

左七右九 康英琢

心花放出滿郊垌，好友相逢貌自娉。
知足無求能永樂，常開笑口可延齡。

右七左十四　林　顏

百鳥和鳴柳色青，芳郊信步樂心靈。
春風拂面舒眉展，吾愛休閒坐小亭。

左八右十　許擁南

野溪石上戲波汀，童稚天真盡忘形。
歡樂陶然如雀舞，無邪笑臉像天星。

左十一　洪玉璋

如花色豔笑容馨，一樣春風拂未停。
長引席間珠玉響，幾疑天籟動鯤溟。

右十一　葉世榮

留人印象倍溫馨，滿面春風得意形。
我輩永同彌勒笑，一生消受享長齡。

右十二　李玲玲

不染陰霾春滿庭，嬌顏眉展態娉娉。
紅塵俗慮隨緣去，我笑人迷獨我醒。

左十三　鄞　強

賢儒喜迓眼垂青，信是吾儕飽五經。
許個夢中觴詠樂，快然莞爾賦心靈。

右十四　歐陽開代

海峽波平兩岸青，蓬萊旖旎百花馨。
桂蘭盛放椿萱並，眼笑眉開逸忘形。

右十三左十五　吳莊河

例會言歡笑不停，詩家好友見溫馨。
窗前筆戰全神貫，金榜題名喜滿庭。

天籟吟社己丑夏季例會詩作集錦

二〇〇九年六月廿八日於台北「許一個夢」餐廳
天籟吟社己丑年夏季例會首唱
詩題：夏日書懷，七言絕句，四豪韻
詞宗：張國裕社長

擬作 張國裕

薦爽南薰煽興高，追懷揮汗舊風騷。
伊誰附勢趨名熱，尚仗炎威扮土豪。

元 甄寶玉

如火驕陽氣燄高，幽居簡出避煎熬。
心閒方識詩書雅，養晦山樓讀楚騷。

眼 許欽南

薰風習習月輪高，梅雨初晴意氣豪。
淡泊自甘貧未悔，此生惟念母劬勞。

花 姜金火

壯志凌霄義氣豪，沉浮宦海似洪濤。
薰風夢裡孤身影，幸有鷗朋樂共陶。

四　張民選

炎風赤日未辭勞，海外奔波膽氣豪。
勵志不應凡暑滅，商場奮戰樂陶陶。

五　吳莊河

光明遍照艷陽高，對境無心癢處搔。
定靜悠然安自得，不沾身外利名刀。

六　許澤耀

科頭伏案疾揮毫，書海孤舟逐湧濤。
豪氣軒揚攻術業，明年方帽復披袍。

七　康英琢

薰風拂面解疲勞，樹下聽蟬趣倍高。
梅雨初晴人意爽，蕉窗展卷讀離騷。

八　周福南

十里薰風遠市囂，新寮飛瀑滌心勞。
垂橋澗壑迷花鳥，綠蔭敲詩醉濁醪。

九　翁惠甡

嘒嘒蟬聲不絕嘈，清泉沁潤解心勞。
紅塵利祿懷中釋，寄跡山林亦足豪。

十　黃言章

炎炎溽暑火輪高，世事蜩螗燕雀熬。
景氣蕭條民窘蹙，自慚乏力挽狂濤。

十一　林　顏

炎風熾日火雲高，蛙鼓蟬鳴耳際嘈。
槐下納涼添雅興，來尋妙句好揮毫。

十二

葉世榮

南風捲起翠松濤，涼爽荷亭好讀騷。
笑煞趨炎一身汗，不如消暑避塵囂。

十三

許擁南

羅扇難消暑氣熬，沿汀古寺聽松濤。
隔江白鷺隨風舞，引我文心意興高。

十四

陳麗卿

難耐炎天火傘高，涼尋山野詎辭勞。
和風習習清如許，澄靜心湖不起濤。

十五

鄞強

白髮風中首自搔，天頒健體獲恩褒。
槐蔭避暑攤書閱，一味清涼意氣豪。

天籟吟社己丑年夏季例會次唱

詩　題：扇，七言絕句，八庚韻
左詞宗：葉世榮先生
右詞宗：陳麗卿女史

左元右花　莫月娥

招風袪暑引涼生，不獨蒲葵製作精。
一羽常持無釋手，伴隨諸葛定軍情。

右元左五　楊維仁

開闔隨宜一柄輕，從容在握退心兵。
縱無機械銷炎速，搖曳生涼自有情。

左眼右十　洪玉璋

輒逢炎夏受歡迎，日夕隨君到處行。
常恐涼颯秋節至，班姬信有苦中情。

右眼左十　張民選

送涼遮日伴書生，應手微搖似孔明。
欲學仙人輕一握，掃雲揮月引流行。

左花　甄寶玉

手中搖曳送風輕，紙扇題詩倍有情。
今日消炎憑電力，呼呼威勢得佳評。

左四右十四　林　顏

火傘張空暑氣橫，手揮桃葉爽心情。
風搖入夜精神好，一覺安眠到五更。

右四左十三　黃言章

輕搖纖手爽風生，小巧玲瓏大發明。
可嘆夏爭冬見棄，炎涼世態最無情。

右五　鄞　強

光搖天上月三更，手動涼風逸興生。
大柄頻揮消酷暑，九華曹植賦詩評。

左六右七　許欽南

山樓欹枕葛衣清，消暑搖來似水生。
手握齊紈輕一柄，黃香孝道史留名。

右六　吳莊河

搖動風來慰暑情，一枝在手滿身輕。
雙清盡孝涼床枕，秋後隨丟恨不平。

左七右十五　周福南

薰風萬里送溫情，揮扇蓮潭避暑行。
一柄招涼邀皓月，緣槐樹下聽蟬鳴。

左八　許澤耀

夏夕空濛晚轉晴，暑蒸悶坐惱煩生。
蒲葵一握松濤起，心靜怡然氣血平。

右八左十四　李玲玲

手搖玉柄步輕盈，明月入懷風自生。
撲螢解慍灰塵慮，卷舒未覺已三更。

左九右十三　許擁南

輕搖桃葉夜無聲，踱步蓮池月影清。
不用春風來遠送，一揮袖裏滿香生。

右九　李柏桐

性默風生響自鳴，羽揮諸葛令軍兵。
天教寄爽傳風雅，素養清和大志萌。

左十一　蔡飛燕

大柄揮來畫扇擎，凌波仙子獲佳評。
池邊閒坐能消暑，一襲涼風藻思生。

右十一　翁惠貹

玉柄生風涼意呈，徐徐逸興轉充盈。
敲詩會友談心境，與世何須論我贏。

左十二右十二　林長弘

美人搖動手中輕，皓月臨窗萬籟生。
一握頻揮拋酷熱，素紈文采負詩名。

左十五　洪淑珍

一柄玲瓏紈素輕，留題麗句雅多情。
動搖涼起襟懷爽，能卻炎氛致太平。

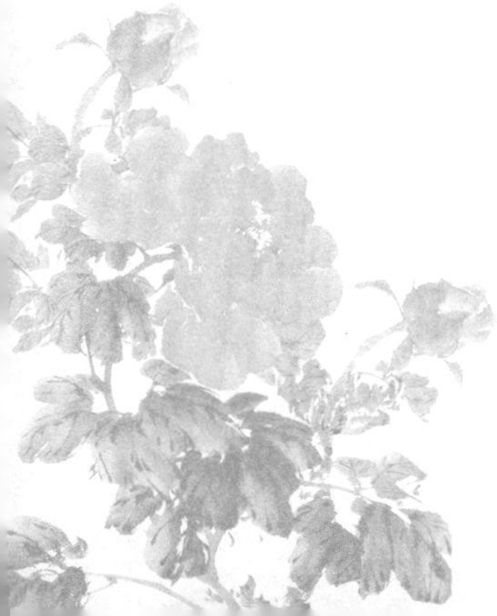

天籟吟社己丑秋季例會詩作集錦

二〇〇九年十月四日於台北「許一個夢」餐廳
天籟吟社己丑秋季例會
首唱：台北聽障奧運會，五言律詩，五歌韻
詞宗：葉世榮先生

擬作 葉世榮

手語宣開會，來臺賽若何。
非凡真矯健，勝負不偏頗。
聽障情無礙，爭光事可歌。
尤欽殘靡廢，奧運值觀摩。

元 林顏

首都燃聖火，聽奧會開鑼。
擊鼓人心振，搖旗士氣多。
輸贏憑本領，裁決不偏頗。
十一金牌奪，中華奏凱歌。

眼 張國裕

奧運標聽障，稻城喜若何。
五輪旗影壯，萬眾掌聲多。
爭勝看身手，揚名重切磋。
聾猶敦睦誼，為國致雍和。

花 楊維仁

北臺開盛會，競技廣包羅。
場上奔騏驥，池中捲浪波。
聽聞雖障蔽，意志不銷磨。
逆境猶精進，環球感佩多。

四

許澤耀

台北迎聽奧，體壇振浩波。
拚將資賦短，贏得讚歎多。
有志應如此，無聲又若何。
金牌超璀璨，凱捷起謳歌。

五

張民選

鵾城聽奧會，慎重劍初磨。
花費寬鬆供，籌謀障礙過。
典儀容喝彩，記錄足吟哦。
聾聵凝焦點，瀛台利網羅。

六

姚啓甲

聽奧鵾城舉，群英互切磋。
掌聲聞不到，手語盡包羅。
美譽傳寰宇，贏家奏凱歌。
愛心來克障，比賽化干戈。

七

李玲玲

聽障身無障，才能萬象羅。
鵾城迎奧運，流感惹風波。
手語相交應，功夫好切磋。
輸贏心不著，競技化干戈。

八

翁惠貹

聽奧慶開鑼，鵾城享譽多。
群英殘不廢，諸賽盡堪歌。
場內體能競，人前手勢磨。
金牌身上繫，喝彩一波波。

九

吳俊男

鵾城與奧運，聽障匯江河。
百國人紛至，群雄技互磨。
操兵知已久，克敵料應多。
看我中華士，拏金奏凱歌。

十
黃言章
聽奧輪臺北，全民盛會羅。
鼓聲催幕揭，彩女舞婆娑。
選手雖無語，工夫卻可歌。
切磋旬日畢，辦桌主賓酡。

十一
洪玉璋
運會開聽奧，鵾城慶奏歌。
鼓聲淩日月，士氣動山河。
參賽人如鯽，交通手似梭。
語傳無國界，示意寄情多。

十二
洪淑珍
聽障雄心在，工夫勤琢磨。
賽場威展現，緘口意通和。
競技敦邦誼，奪標登甲科。
鵾城開奧運，圓滿博褒歌。

十三
許擁南
聽奧會開鑼，全球注目波。
館場精彩秀，田徑競爭多。
台北名聲播，中華奏凱歌。
交流扶弱勢，互助永祥和。

十四
莫月娥
首辦得謳歌，雄爭項目多。
風雲強選手，氣勢讓嬌娥。
投足金牌摘，飛身鐵騎過。
加油聲不斷，聽障感如何？

十五
姜金火
聽奧會開鑼，輝煌紀錄多。
爭贏相競技，決勝互觀摩。
室內歡聲動，場邊喜氣和。
溫馨圓滿宴，辦桌唱驪歌。

天籟吟社己丑秋季例會次唱

詩　題：秋颱，七言絕句，一先韻
左詞宗：莫月娥女史
右詞宗：楊維仁先生

左元右十一　黃言章

中秋纔過二颱連，共伴災情勢駭然。
最怕泥傾崩石滾，即時防範保安全。

右元左八　陳麗卿

人月如何兩不圓，風姨肆虐仲秋天。
廟堂記取前颱鑑，未雨綢繆解倒懸。

左眼　葉世榮

莫輕巴瑪入台員，八八成災憶愴然。
底事天公非作美，空期五夜月嬋娟。

右眼左花　吳俊男

群岫楓紅十月天，巨風挾雨撼坤乾。
憂心最是泥流地，此夕災民何處眠？

右花 姜金火

預報秋颱急變天，強風驟雨震心弦。
返鄉路斷悲聲歎，滯北思親難入眠。

左四 李玲玲

連逢佳節暗雲天，風雨冥冥急遠遷。
難測雙颱行狡黠，祈求黎庶上蒼憐。

右四左九 洪淑珍

箕伯風姨結伴傳，桂華匿彩隱雲天。
由來九月風災惡，但盼官民防患先。

左五右十 林顏

中秋節日慶團圓，又見封姨帶雨顛。
八八災情民受害，最驚走石捲山川。

右五左七 林素卿

雨打風摧月不圓，村村人散斷炊煙。
青詞一紙迎天拜，願乞驕陽護大千。

左六右十三 黃明輝

月應情滿接涼天，吹浪風迴亂好圓。
憂國吟哦愁少睡，秋颱來急更難眠。

右六 張民選

商飈氣轉颶風連，挾雨傾盆土石遷。
不嘆難逢三五夜，收成倏滅淚漣漣。

右七左避 莫月娥

白帝能無可制天，暴風豪雨變山川。
月明分外中秋夜，報道颱臨感萬千。

右八左十三　鄭中中

秋颱帶怨夜難眠，月缺傷同人未圓。
一片相思揮不去，風聲更似泣悲弦。

右九　姚啓甲

秋來本是爽心天，詎料颱風景物遷。
水泄平蕪摧社稷，黎民血淚有誰憐？

左十　吳莊河

挾雨狂風掃大千，死生頃刻沒家田。
將來芭瑪中秋亂，馬氏聞驚不敢眠。

左十一右十四　洪玉璋

中秋佳節慶團圓，忽報雙颱互引牽。
家具香醪詩興發，風流未減李青蓮。

左十二　許擁南

風雲易變擾秋眠，佳節玉盤掩入天。
驟雨狂來波洶湧，心懷社稷苦年年。

右十二　陳碧霞

己丑雙颱共伴牽，無風無雨撤民先。
磁場氣象新奇變，災難叢生更順天。

左十四右十五　張國裕

颱臨千里阻嬋娟，辜負秋波望眼穿。
底事嫦娥遽掩面，良宵淚水竟漣漣。

左十五右避　楊維仁

警報偏傳佳節前，狂飆千里閉嬋娟。
多情自得中秋趣，風雨何妨人意圓？

天籟吟社己丑冬季例會詩作集錦

二〇一〇年一月九日於許一個夢餐廳
天籟吟社己丑冬季例會首唱
詩題：雪花，五言律詩，六麻韻
詞宗：林　顏女史

擬作　林　顏

六出隨風舞，繽紛入眼賒。
散鹽污不染，飛絮潔無奢。
玉色敷蒼嶺，銀光映彩霞。
霏霏天地闊，景麗似仙家。

元　洪玉璋

蓬壺飄瑞雪，預卜好年華。
天地裁銀蕊，江山綴玉花。
供吟高士靜，逗趣美人誇。
六出晶晶閃，玲瓏景特嘉。

眼　余美瑛

似絮迎風起，飛天六出花。
晶瑩懸萬樹，雪豔思無邪。
玉葉乾坤舞，瓊英日月華。
凌空飄瑞積，竟夜鎖雲涯。

花　洪淑珍

玲瓏開六出，蕊蕊舞風斜。
冷艷寒梅妒，清奇飛絮嗟。
無瑕呈瑞色，映日絢光華。
應候欣盈尺，年登兆象嘉。

四

皚皚銀世界，六出蕊無瑕。
密灑疑飛絮，輕颺訝散花。
潤田禾稼秀，兆瑞玉梅斜。
也學程門立，歡餘句吐葩。

陳麗卿

五

柳絮因風起，佳詞百世誇。
寒光呈瑞靄，潔白映無邪。
莫待三餘日，同看六出花。
誰能爭歲月，雅賞共流霞。

姚啓甲

六

朵朵梅輸白，晶瑩到水涯。
滿園疑落絮，遍地儼鋪紗。
絢瑞三春雪，呈妍六出花。
流芳千古事，肅立仰程家。

葉世榮

七

冬朔凍雲遮，江城吹羽花。
輕飄如柳絮，凝結似梅杈。
縹渺漫天際，蒼茫映水涯。
煙村芳樹白，瑞兆滿山家。

許擁南

八

每乘寒氣發，玉蕊潔無瑕。
嬝娜翩飛絮，繽紛漫散花。
空靈真境界，清白是生涯。
我愛晶瑩雪，冰心最可嘉。

楊維仁

九

如鹽還似絮，天女撒銀花。
一夜寒侵骨，千山淨絕瑕。
霏霏飄世界，皓皓滿京華。
騷客欣爭句，常教憶八叉。

甄寶玉

十　黃言章

皓皓乾坤裏，卿來靜不譁。
晶瑩渾玉鑽，潔淨賽銀紗。
風起婆娑舞，空飄縹緲遮。
蒼生皆喜愛，翌歲穀登嘉。

十一　周福南

六出璧無瑕，漫天柳絮沙。
皚皚銀世界，皎皎玉光華。
絢爛千層浪，晶瑩萬蕊花。
歡顏迎吉兆，大地慶宜家。

十二　許欽南

六出飛葩墜，飄飄舞態斜。
遠峰塵不染，幽徑玉無瑕。
帶雨梨花怨，臨風柳絮誇。
莫嗤渠魄力，鬥白壓梅花。

十三　歐陽開代

兩極寒溫帶，風嚴舞白沙。
皚皚鋪萬里，片片著千家。
庚信冰吟厚，劉滄雪詠華。
玉山何獨皓，蓬庶望銀花。

十四　李玲玲

一華開六出，皎白淨無瑕。
不作尋常蕊，願為頃刻花。
積寒風剪水，入竹蟹行沙。
祥瑞豐年兆，勝梅非自誇。

十五　莫月娥

粧成銀世界，片片壓枝椏。
六出豐年兆，三分勝算誇。
詠添飛柳絮，冷冒覓梅花。
謾說消融易，飄空素瓣華。

天籟吟社己丑冬季例會次唱

詩　題：觀棋，七言絕句，七陽韻
左詞宗：黃言章先生
右詞宗：陳麗卿女史

左元右避　陳麗卿

何事爛柯一老望，旁觀博弈戰堂堂。
縱然守默棋枰畔，殘局誰收心也惶。

右元左十四　莫月娥

輸贏未見各爭強，清者從邊意不遑。
太息過河無小卒，將軍一局更收場。

左眼右四　張國裕

弈爭棋面看攻防，一著先機殺氣藏。
見識兵諳橘中秘，教吾老眼亦驚遑。

右眼左五　姜金火

相爭楚漢妙機藏，靜語旁觀鬥志昂。
步陣攻堅難奪越，平分殘局笑聲揚。

左三右九　許欽南

看他列陣鬥昂揚，熱戰方酣互抗強。
攻守輸瀛憑妙手，誰人得鹿又何妨。

右花左七　葉世榮

爛柯笑我俗情忘，枰上乾坤歲月長。
觸悟世間難定論，嘆奇奕戰弱贏強。

左四

吳莊河

楚河漢界殺機藏，睹者如牆奕品良。
戰鼓頻催心倍急，輸贏布策欲擒王。

右五左八

張民選

凝神兩陣似臨場，心急輸贏欲獻方。
啞雀無聲君子在，人生如局自衡量。

左六

李玲玲

運機對奕勝為王，鬪智交攻妙策藏。
世局如棋深莫測，旁觀守默急如狂。

右六

黃明輝

棋搬碁落戰聲揚，守默心寒馬帥囊。
惆悵兵凶無處說，如何方塊喜圖強。

右七

林長弘

旁看對奕古今長，默視相爭口不吭。
方陣縱橫分楚漢，無關勝負萬愁忘。

右八

余美瑛

不語能知奕擅場，玄通妙算得為王。
何堪探虎旁觀者，黑白棋中世局章。

左九右十四

洪玉璋

自甘袖手倚枰旁，黑白分明兩鬥強。
一局深疑歧路滿，縱橫計妙學蘇張。

左十右十

李柏桐

高歡沉醉智心場，暗繫兵書助弱揚。
樂得良方難釋出，偏教君子激胸腸。

左十一右十一 洪淑珍

盤中起落不停忙，車砲爭鋒袖手望。
運智看他分布路，艱難言語急衷腸。

左十二 陳碧霞

對峙玄通聚目光，棋逢高手正登堂。
終分勝負心方定，君子相爭國粹揚。

右十二 楊維仁

壁上閒看紙上忙，衝鋒兵馬競豪強。
莫嫌當局無高著，別有艱煩費酌量。

左十三 余美瑛

不語能知奕擅長，玄通妙算得為王。
何堪探虎旁觀者，黑白棋中世局章。

右十三 歐陽開代

兩軍對敵競成王，咫尺四方為戰場。
飛砲出車龍虎鬥，旁觀默默火終涼。

左十五 周福南

冬日頻敲萃一堂，楚河漢界兩軍揚。
棋中不語真君子，勝負衝鋒樂未央。

左避右十五 黃言章

對奕雙君鬥智揚，局盤詭譎暗樁藏。
耳紅面赤旁觀急，有口難言直欲狂。

天籟吟社庚寅春季例會詩作集錦

二〇一〇年四月十一日於三千貿易教育中心
天籟吟社庚寅春季例會首唱
詩題：訪春，五言律詩，七陽韻
評選：全體出席者共同票選

第一名 陳麗卿（五票）

載酒謁東皇，欽其造化忙。
山川憑點染，蜂蝶任低昂。
嫩草茸茸綠，幽花縷縷香。
騷人深領略，韶景盡文章。

第一名 莫月娥（五票）

一識東風面，奚辭跋涉忙。
聲喧聞燕語，路狹入羊腸。
淑氣儂無恙，癡情客欲狂。
桃花何處是，數問立溪旁。

第三名 陳麗華（四票）

料峭寒初退，東風引興長。
尋梅蜂共逐，攀柳鳥相望。
疊疊山分色，粼粼水映光。
繞溪還越嶺，總為訪春忙。

第四名 許欽南（三票）

尋春訪翠岡，未見柳鵝黃。
壠上梅魂破，庭邊竹氣香。
嚶嚶喧鳥語，楚楚捲蕉房。
對景人惆悵，相思欲斷腸。

第四名 林　顏（三票）

律轉東君蒞，欣榮草木芳。
百花嬌秀色，大地燦韶光。
日暖桃腮艷，風和柳眼長。
尋幽多勝景，陶醉忘歸鄉。

第六名 許擁南（二票）

莫放春光失，優遊自倘佯。
朦朧橋外樹，盪漾水中央。
縱使人煙靜，依然興緻揚。
花開還解語，芳送有情郎。

第六名 李玲玲（二票）

大地生機發，尋幽樂未央。
柳溪鶯燕語，花徑蝶蜂忙。
襯步迎眸翠，振衣滿袖香。
舉觴思別後，引興醉吟腸。

第六名 李柏桐（二票）

盡踏枯枝路，蹤循嫩葉香。
老梅青萼脱，細竹翠翎長。
燕返簷巢暖，鶯梭夾柳涼。
東風迎我到，漫地綴春光。

第六名 周福南（二票）

鴻鈞淑氣揚，大地迓春妝。
宿草迎風翠，緋花引蝶忙。
鵑城爭爛縵，野徑燦韶光。
秀色凝眸賞，酣吟十里長。

第六名 葉世榮（二票）

萬里因春誤，樊川夢一場。
歡迎來雅客，喜作探花郎。
訪艷人頻至，尋芳蝶正狂。
灞橋驢背上，覓句滿奚囊。

第六名 張國裕（二票）

迎歲兼迎客，花神應接忙。
紫紅添景象，遠近絢風光。
筆解殘冬凍，詩尋首季芳。
探幽裙屐盛，勝似會東皇。

第六名 甄寶玉（二票）

春來何處去，木柵好尋芳。
貓纜青雲杳，猴山紫氣揚。
看花遊杏圃，品茗有茶鄉。
最喜詩人筆，宛如蛺蝶忙。

第六名 洪淑珍（二票）

陽和時節好，輕履約探芳。
耳畔鶯聲巧，花前蝶影忙。
遠山明翠黛，幽徑溢清香。
眼看千機錦，賞心吟興長。

第六名 姜金火（二票）

東風頻送暖，鳥語百花香。
蝶舞迎佳客，蜂忙採蕙芳。
尋春悠自在，賞景樂徜徉。
萬物欣榮象，詩懷逸興長。

天籟吟社庚寅春季例會次唱

次　唱：晴雨，七言絕句，八庚韻
左詞宗：張國裕先生
右詞宗：陳麗卿女史

左元右十一　甄寶玉

陽和十里映花明，淅瀝敲窗一夜生。
莫怨天公何不美，炎涼變幻亦人情。

右元左避　張國裕

日出還聞淅瀝聲，養花天氣每兼情。
甘霖時伴陽光蒞，紅紫欣欣正向榮。

左眼右花　陳麗華

窗邊鵲噪雨還晴，簷溜猶流斷續聲。
千里雲收無限好，花光柳影囀春鶯。

右眼左十　洪玉璋

料峭春寒晴亦雨，氤氳氣暖雨猶晴。
憑軒一望江山麗，觸我詩狂振筆成。

左花右十五

楊維仁

九天光耀襟懷闊，十里煙迷韻味縈。
晴雨各饒佳趣在，不須悲喜意難平。

左四右五

吳俊男

豔陽初照向山行，豈料蒼穹豆雨傾。
自忖人生亦如是，開懷不礙訪春情。

右四左十一

李玲玲

晴光瑞氣物欣榮，久旱望祈甘露生。
驟雨飄風終日不，天時應律有時更。

左五右八

黃言章

豔日韶光照眼明，天邊隱約悶雷鳴。
須臾大雨傾盆注，俄頃雲開萬里晴。

左六右七

葉世榮

熟梅天氣聽啼鶯，含露花如霽日呈。
洗卻世途除污染，光輝喜見杜鵑城。

右六左十二

歐陽開代

薰風怡爽碧空明，忽響破魂龍怒聲。
時雨時晴隣後母，隨身一傘備盆傾。

左七

洪淑珍

化工有道育蒼生，晴雨平分最有情。
日麗天開人意悅，四時調順兆昇平。

左八右避

陳麗卿

春雨沛然初放晴，縱眸霽景彩紛呈。
池添嫩碧桃翻錦，坐賞吟哦自有情。

左九右十二　林　顏

雲收霧斂惠風輕，大地陽和翠色盈。
登嶺忽聞天暗淡，沛然笠戴恐難行。

右九　許擁南

雨濕青山景色明，虹橋畫出半天清。
日高還見霏霏霂，潤物生春喜氣迎。

右十　鄞　強

十日如膏萬物生，困人天氣喜天清。
騷人修禊聯高誼，滋潤沛然豐種耕。

左十三右十三　許澤耀

返暖城春曉氣清，青空大地壑峰明。
雲橫捲霧風飛絮，寒屋迴聞落水聲。

左十四　許欽南

久旱雲南乞雨生，隴頭龜裂半枯秔。
我祈上帝多施惠，潤物蘇民致太平。

右十四左十五　林長弘

三春啓始雨時晴，潤物催花草木生。
遍野烟光塵洗盡，東皇兆歲萬家榮。

天籟吟社庚寅夏季例會詩作集錦

二〇一〇年七月四日於三千貿易教育中心
天籟吟社庚寅年夏季例會首唱
詩題：夏夜喜雨，五言律詩，八庚韻
評選：全體出席者共同票選

第一名 陳碧霞（八票）

晚來淋一陣，暑氣倏時清。
似有催詩意，寧無潤物情。
炎蒸欣暫解，逸趣覺徐生。
吟與隨心蕩，甘霖筆下賡。

第一名 林長弘（八票）

夏炎高臥夜，忽聽急雷聲。
喜雨隨風至，知時布澤生。
蛙鳴消暑氣，蟬噪沁詩情。
一洗烟塵夢，酣眠過五更。

第一名 楊維仁（八票）

沛然驅暑熱，灑入晚風輕。
焦渴新霑潤，煎煩漸坦平。
山川舒鬱氣，城市感柔情。
我愛今宵雨，靈臺一洗清。

第四名 陳麗卿（七票）

人間居火宅，揮汗坐三更。
霎爾雷狂響，滂然雨密傾。
成霖蘇稻隴，拯旱潤江城。
慍懣當頭解，渾忘伏入庚。

第五名　黃言章（六票）

溽夏炎難耐，沉雷向暮鳴。
雨初飄暑退，風漸拂涼生。
苦旱憂消失，甘霖喜滿盈。
簷聲催人夢，酣睡到天明。

第五名　甄寶玉（六票）

酷熱難安睡，幽聞打葉聲。
沛然奔萬馬，雜沓響千甍。
一雨炎驅盡，通宵氣轉清。
心欣涼枕蓆，好夢自迴縈。

第七名　陳麗華（五票）

一夜霏霏下，終教止久晴。
雲騰籠月魄，電閃挾雷聲。
解暑人同忭，蘇枯物向榮。
劇憐涼透枕，酣睡到天明。

第七名　張國裕（五票）

久旱逢甘澍，通宵聽有聲。
農田欣漸潤，水庫慶將盈。
似解河山渴，還添翰墨清。
南薰陪竟夕，誰署號亭名。

第七名　莫月娥（五票）

挾雷宵正短，愜意枕邊生。
荷葉珠難住，蕉心水又盈。
淋鈴銷兔影，淅瀝壓蛙聲。
歡顏燈下見，解旱似盆傾。

第十名　林　顏（四票）

覓句孤燈下，欣聞滴瀝聲。
薰風能解慍，甘澍動吟情。
斷續蟬琴噪，悠揚蛙鼓鳴。
作霖消酷暑，滌慮一心清。

第十名 張民選（四票）

炎宵愁熱旱，風起挾鼉鳴。
雲佈花無影，雨來蕉有聲。
眾生欣解渴，萬象喜滋榮。
嘉澤歡相賀，恩歸造物情。

第十二名 葉世榮（三票）

梅霖欣夜半，甘澍志亭名。
報喜滋禾麥，閒聽打瓦甍。
暑消圓好夢，涼快伴深更。
春過良宵雨，淋鈴悅耳聲。

第十二名 洪淑珍（三票）

嘉澍乘風降，如聞洗甲兵。
喧蕉欣有韻，滌穢感多情。
好是宵炎卻，快然神氣生。
無窮瀟灑意，解旱歲登盈。

第十二名 姜金火（三票）

炎暑夜三更，欣聞淅瀝聲。
滴階如磬響，閃電迅雷鳴。
惠雨農家喜，甘霖萬物榮。
雲師施德澤，社稷慶昇平。

第十二名 李玲玲（三票）

移榻開軒臥，暑蒸眠不成。
薰風敲玉鐸，荷氣送幽情。
雲布蟾光隱，雷鞭雨水生。
炎宵欣解慍，酣睡至天明。

天籟吟社庚寅年夏季例會次唱

詩　題：風竹，七言絕句，十一真韻
左詞宗：張國裕先生
右詞宗：甄寶玉女史

左元右眼　楊維仁

幾竿綠玉意清真，習習輕搖雅絕倫。
好是舒徐吹瘦影，參差逸韻最宜人。

右元左五　李柏桐

薰風逐竹氣清新，赤日難侵勁節身。
不管時機明抑濁，天教典範立紅塵。

左眼右五　許欽南

勁節高標自有神，風來天籟發聲真。
誰知簌簌清音奏，卻與瑤琴調正勻。

左花右十五　林　顏

風梳雨洗自清新，勁節虛心遠俗塵。
入戶清涼增雅興，攤箋覓句助精神。

右花左九　許擁南

扶疎竹徑影搖頻，勁節臨風翠色新。
君子亭亭如玉立，烟梢飄逸脫紅塵。

左四右八　陳麗華

風搖翠影爽精神，戛玉寒聲若戒人。
處世不移君子德，凌雲有志一番申。

右四左避　張國裕

吹向修篁韻自新，幾竿招展引詩人。
是真君子虛心伴，綠蔭涼天解慍頻。

左六右避　甄寶玉

市居有竹倍清新，搖曳隨風掃俗塵。
更愛交加敲雅韻，悠然天籟醉騷人。

右六左十三　陳麗卿

搖風鳳尾抖精神，抱節虛心一自真。
愛彼歲寒渾不萎，吾來林下卜為鄰。

左七　周福南

窗前翠竹訴芳辰，篩月高朋笑語親。
秀影輕搖君子操，風聲歷歷指迷津。

右七左十四　鄭美貴

搖曳庭前弄影新，號稱君子絕纖塵。
清風解慍知時送，妙得催詩筆有神。

左八右十三　余美瑛

迎風弄月蘊天真，勁綠經霜傲骨身。
千古知音皆有識，凌雲接日各龍麟。

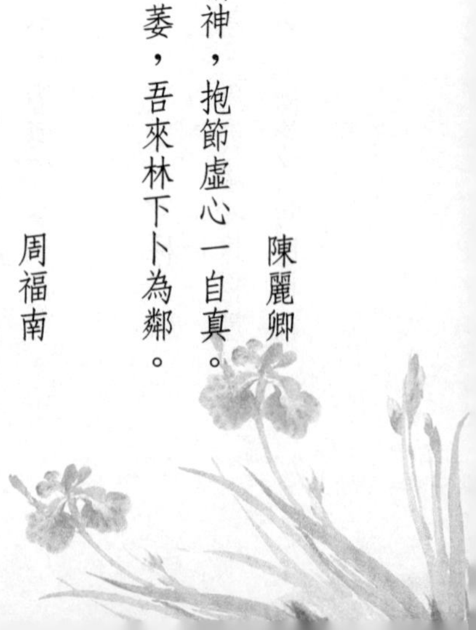

右九 張秀枝

幽篁影動挹涼頻，簌簌清音韻本真。
高節虛心熏教化，立竿千古德為鄰。

左十 吳莊河

瀟搖輕動籟聲親，憶記兒時感最真。
亮節高風留典範，歲寒三友共迎春。

右十左十二 張民選

輕搖鳳尾迓賢人，舞翠扶疎力掃塵。
梢動池中魚啄影，鳴琴弄月好為鄰。

左十一右十二 李玲玲

篩月迎風舞翠筠，化龍解籜沐香塵。
參差搖曳清音弄，修德虛心君子身。

右十一 姜金火

高節虛心性本真，迎風舞影暖陽晨。
常年翠綠生來瘦，脱俗清新淨世塵。

右十四 林長弘

鳳尾風梳成起蘋，敲金習習四時新。
翠姿勁直虛心節，比德精神傲俗塵。

左十五 陳碧霞

竹園尋筍景猶新，簌簌清風細語親。
仲夏林幽除暑氣，閒身靜坐遠囂塵。

天籟吟社組織現況（二〇一〇年十月）

名譽社長：張國裕先生
名譽副社長：葉世榮先生
社　長：歐陽開代先生
副社長：姚啓甲先生
副社長：黃明輝先生
副社長：張民選先生
總幹事：楊維仁先生
春季組組長：李玲玲女士
春季組副組長：余美瑛女士
夏季組組長：李柏桐先生
夏季組副組長：翁惠貽先生
秋季組組長：甄寶玉女士
秋季組副組長：吳俊男先生
冬季組組長：洪淑珍女士
冬季組副組長：許擁南先生

社址：台北市承德路三段二七七號六樓
電話：（02）25986008
傳真：（02）25980905
網站：http://tw.myblog.yahoo.com/tlpoem
信箱：tlpoem@yahoo.com.tw

天籟吟社社員簡歷

社員簡歷

張國裕，一九二八年出生於台北市，師事礪心齋林錫麟夫子研習詩書。曾任中華民國傳統詩學會秘書長、副理事長、理事長、天籟吟社社長，現任中華民國傳統詩學會名譽理事長、天籟吟社名譽社長。

歐陽開代，台北市人，一九三五年出生，國立台灣大學外文系畢業，曾任伊藤忠商事台北分公司課長、新加坡宇立電子公司總經理、華新麗華股份有限公司執行副總，現任印尼華新力寶公司總經理。漢詩社：瀛社理事、天籟吟社社長。日詩班「台灣歌壇」會員等。

葉世榮，字奕勛，民國廿二年生於台北大稻埕，自十六歲師事礪心齋書院林錫麟夫子。後追隨林錫牙師叔、吳松柏先生、張國裕社兄共六任中華民國傳統詩學會理事長，為傳統詩學會服務不遺餘力歷十八年之久。現任天籟吟社名譽副社長，著有《天籟吟風：葉世榮古典詩吟唱專輯》。

姚啓甲，生於一九四六年，台北市人，經營三千貿易股份有限公司逾卅年。感恩子媳承接事業，可用餘生於讀書及從事社會公益活動。2008~2009 榮任國際扶輪 3490 地區總監，因工作忙碌而減少讀書的時間。地區總監卸任後，成立「三千貿易教育中心」。除自己讀書外，更盼以此教育中心來輔助河洛漢學與詩書的推廣。漢詩啓蒙於楊振福先生，後再師於陳榮鉅、張國裕、黃冠人、林正三等前輩。感恩於師長們的教導，讀書稍有進步。讀書與從事社會公益活動是我與內人陳碧霞的夙志，願一切能順利發展。

黃明輝，一九四八年出生於台北市艋舺。大學畢業後從事金融業三十三年退休。西元二〇〇〇年左右，因緣際會巧遇名師及至交，因而投入河洛漢詩的研究及台語語音的探討，並於二〇〇二年取得教育部的閩南語支援教師證書，之後與好友共同從事台語正音及河洛漢詩的教學至今。

張民選，一九五一年生，台北縣蘆洲人，商餘喜六禮研究，展卷操觚。隨黃冠人老師學詩詞吟唱，林正三老師學閩南語聲韻學及詩詞創作，李春榮、楊振福、張國裕老師學詩詞創作。曾任中華民國傳統詩學會副秘書長、顧問。

莫月娥，一九三四年生於台北，師事捲籟軒書房黃笑園先生，數十年來以推廣傳統詩為職志，擔任各機關、社團、媒體之詩學講座與吟詩示範。現任中華民國傳統詩學會副理事長，著有《大雅天籟：莫月娥古典詩吟唱專輯》。

鄞　強，出生於民國廿四年，字耀南，號有功，又號柳塘軒主，少時家貧失學，民國四十四年孑身旅北，師事於碩儒林述三長公子林錫麟名儒門下，半工半讀，克盡艱辛。現任中華民國傳統詩學會理事，已逾卅餘年矣，而虔參　天帝教，犧牲奮鬥、濟世渡人，現修成週身陽剛正氣，已卅年。

洪玉璋，字琢就，號良器，一九四三年五月二十八日卯時誕生，業計程車司機四十餘載，係雲林縣口湖鄉梋梧北村人，現旅居中和市書香樓。

李玲玲，生於一九四六年，台北市人，自小隨父親讀四書等經典，喜好詩詞寫作、吟唱。多年來受教於黃冠人老師，學習河洛漢語正音、古文研讀及詩詞吟唱，經張國裕和陳祖舜老師指導詩詞及聯對習作。並隨徐泉聲教授與陳淑美教授學習楚辭、詩經、詩詞賞析。現任台灣瀛社理事、天籟吟社社員。目前從事推廣河洛漢語正音及詩詞吟唱教學工作。

李柏桐，生於一九五四年，宜蘭市人，現居內湖碧湖畔。從事國際貿易二十年，目前任台語教師，二〇一〇年一月，畢業於台師大台文所在職碩士班。自二〇〇五年夏起，從漢學者老張國裕先生學詩詞創作，並忝為天籟吟社社員。

甄寶玉，一九四八年生於廣東台山縣，畢業於台灣師範大學。從簡明勇、洪澤南二師習吟唱，後隨黃天賜、姚孝彥、張國裕、林彥助、林正三諸師習詩作。現為台灣瀛社詩學會理事，松社、天籟吟社及中華傳統詩學會會員。近獲日本第廿五回國民文化祭文藝祭漢詩徵詩秀作賞。

洪淑珍，字璧如，生於一九五四年，台北人。中歲後喜好古典詩詞先後師事黃冠人、李春榮、楊振福、林正三、張國裕諸先生門下。加入臺灣瀛社詩學會、灘音吟社及天籟吟社。現為臺灣瀛社詩學會常務理事，並於研習班擔任詩詞吟唱講師。

余詠纓，本名余美瑛，臺北縣汐止人，從事肝炎防治工作。九十年從黃冠人老師詩詞吟唱，九十二年十一月吟唱蘇軾〈念奴嬌〉獲臺北市婦女會漢詩吟唱社會組冠軍，九十三年從張國裕老師寫詩，從陳祖舜老師寫對聯。九十五年七月出版個人專輯《詠纓集》一書二CD，公餘參加天籟詩社，並任瀛社詩學會監事、臺灣省城隍廟漢詩吟唱教師。

翁惠甡，台灣嘉義縣人，從事公職三十餘年，於二〇〇六年九月退休後涉足漢詩，承楊振福老師啓蒙，現從漢學耆老張國裕老師學習創作，黃冠人老師學習吟唱，並忝為天籟吟社社員。

吳俊男，字子彥，筆名風雲，民國六十六年生，高雄人，新竹師院初等教育學系畢業、淡江大學中文系碩士在職專班畢業，古典詩曾獲教育部文藝創作獎首獎、玉山文學獎首獎、台北市南港區桂花詩詞比賽首獎等獎項，與詩友合著有《網川漱玉》與《網雅吟懷》兩本古典詩集。任教桃園縣八德市大忠國小，課餘之暇擔任【網路古典詩詞雅集】版主。

許擁南，一九四八年生於台北市，輔仁大學中文系畢業。現為玉峰茶行負責人，自幼喜歡詩詞文學，父親亦商亦儒，時與文士來往交流，至今猶留下深刻印象，也影響我對詩詞的喜好。有幸加入天籟吟社，受益良多非常感謝，也期許自己成為天籟的一粒種子能萌芽茁壯成林，發揚天籟精神。

黃言章，一九三五年生於台中市。臺大經濟系畢業。高考及格。祖父乃前清秀才，先父、伯父、次兄均擅詩文。一九五三年北上，於本國及外商銀行服務，後轉職安侯會計師事務所，前後近五十年，二〇〇一年退休。翌年杪於社區大學，從黃芬娟教授習詩，惜僅三個月。後於孔子廟，蒙陳祖舜、張國裕、黃冠人等師長傾囊相授，漸諳詩詞寫作吟詠之道。

姜金火，二九年次，台南縣下營鄉人，六八歲老來方學詩，承楊振福老師啓蒙鼓勵，勉以有心猶未遲而涉足漢詩。二〇〇九年歐陽社長夫人燕珠詞長介紹成為天籟吟社社員。現從漢學碩老張國裕老師學習詩作，黃冠人老師學吟唱，陶冶心性，歡愉晚年。近獲日本第廿五回國民文化祭文藝祭漢詩徵詩入選。

許欽南，字位北，民國三十年生於基隆，國立師範大學國文系畢業，任教中正高中，已退休，曾蒙邱天來、陳祖舜、張國裕、陳兆康諸師指導，現加入基隆詩學會、臺灣瀛社詩學會、天籟吟社等，暇時愛好古詩文。

周福南，台北市人，一九四一年生，國立政治大學國際貿易學系畢業。現任綸欣實業股份有限公司、倫欣國際股份有限公司、綸與股份有限公司董事長、台灣北社副社長、台灣瀛社詩學會理事、台灣短歌會會員、天籟吟社社員。

林瑞龍，彰化人，一九四一年生。台大法律系畢業，留學日美兩國，專攻國際法。奉職外交、經濟二部，駐外工作多年。二〇〇六年元月經濟部參事退休，踏入國學、詩詞園地，夕陽無限好，何妨是黃昏。

林　顏，一九四三年生於板橋，年庚六十始與詩詞結緣，產生了濃厚的興趣，幸得蔡義雄老師的啓蒙，爾後受教於連嚴素月、陳祖舜、張國裕諸位賢師的指導和鼓勵先後加入了貂山吟社、中華傳統詩學會、中國文化會、天籟吟社，並且參加全國詩人聯吟大會及各地的徵詩，受益匪淺，能在這有生之年重拾讀書的樂趣。

鄭美貴，板橋市人，年逾花甲始得林顏學姐引領，到中和農會漢文吟詩班研習，初涉古典詩詞。後入貂山、傳統詩學會、文山、天籟等詩社，得連嚴素月、陳祖舜、張國裕等老師悉心教導，學習詩詞吟唱、寫作三載，期盼師長前輩提攜，更上層樓。

陳麗卿，字詠藻，又一字蘊璠，國立師大國文系畢業，即任職北市國中、高中教師退休年餘，先後拜莊世光、林正三、張國裕諸位大師門下讀書及詩詞習作，漸有心得，目前參加台灣瀛社詩學會、天籟詩社、灘音吟社與社友切磋，冀望詩作長足進步。

許澤耀，宜蘭羅東人。早年從事不鏽鋼洋食器，刀、叉、匙製造加工外銷。其後因緣際會，從黃冠人老師學習河洛漢詩吟唱，師事天籟吟社張國裕社長練習古典漢詩寫作。台灣國立師範大學台灣文化及語言文學研究所在職碩士專修班碩士。現職本土語言台語教師，任教於台北市立教大附小、台北市東門國小以及館前路救國團台語班。

林長弘，字弘雲，一九四五年生，台北縣三重市人，農業學校畢業，退休後師事張國裕老師及黃冠人老師。研習漢詩寫作，河洛漢語正音，古音及傳統詩詞吟詠，目前參加天籟吟社。

毛燕珠，法號智圓，正名歐陽燕珠。私立實踐家專服裝設計系畢業，隨後居住美國洛杉磯三十三年。二〇〇五年返台定居，跟隨夫婿以書僮自稱，目前參與台北市城隍廟吟唱及三千教育中心課程，一切尚在初學摸索中，敬請前輩們指教，謝謝！

康英琢，南投縣鹿谷鄉小半天人。一九四六年生，成長於山林間，自幼由家父教導四書等漢文書籍。二〇〇二年再到圓山孔子廟參加河洛漢詩班，蒙陳祖舜、張國裕、黃冠人三位老師熱心指導，並於九十三年加入天籟吟社，再加入中華民國傳統詩學會。

蔡飛燕，畢業於苗栗農校夜間部，半工半讀，學美髮藝術，在美髮界得過全國比賽季軍獎盃。曾到中國醫藥大學上課，學拔罐、地理、手相三種。到印度學手相獲印度法官認證，加入中國藥用植物學會擔任理事，加入固有民間療法促進會擔任監事。最愛吟詩，加入中華民國傳統詩學會，使我人生更加精采。

陳碧霞，新竹縣人。一九四七年生。中原理工學院化學系畢業。曾任新埔工專講師十四年後再從商。河洛漢詩由楊振福先生啓蒙，後師於陳榮岠、張國裕、黃冠人、林正三等前輩。目前為台灣瀛社詩學會及天籟吟社社員。

吳莊河，一九四七年生，苗栗縣苑裡鎮人，客居板橋市已卅餘載。感恩有此緣分參加天籟吟社學習，在張國裕老師悉心教導下，感覺很好。只是後學資質有限，要寫好詩，真的很難。真心盼望諸先進詞長，亦能多予指教，謝謝。

陳文識，男，福建省金門縣人，民國三十六年生。畢業於台北市立師範學院應用語言文學研究所碩士班，從事教學三十七載。九十四年退休後，從黃冠人老師學河洛漢詩，九十九年六月入天籟吟社，始專意於傳統詩學之研讀。著有《全方位兒童作文》（合著，童詩部分）、《金門諺語研究》等書。

陳麗華，字蘆馨，隨楊振幅老師等學詩，是天籟吟社、臺灣瀛社詩學會、古典詩刊研究社、中華詩學研究社、春人詩社等會員。

張秀枝，民國四十六年生。空大社會科學系畢。從黃冠人老師習唐詩吟唱，感受到漢詩音韻之美，因感動於天籟凌淨婷先賢，及莫月娥老師的吟唱造詣，大雅韻美，而加入天籟詩社，從張國裕老師習作古典詩。曾於九十一年獲台北市婦女會漢詩吟唱社會組冠軍。

林素卿，林素卿，一九五八年生，宜蘭頭城人，日本東京東洋大學經濟系畢業。二〇〇六年承楊振福老師啓蒙學習詩詞創作，漸生興趣，目前忝為天籟吟社社員，並於台北保安宮跟隨黃冠人老師學習河洛漢詩吟唱。

鄭中中，從事服裝設計工作多年，忙碌之餘，在古典詩詞的懷抱中尋求寧靜。山不在高，有仙則名；水不在深，有龍則靈。寫詩不在好壞，真心足以抒發。曾經我愛李白，也愛杜甫，現在，我最愛～我自己。

吳秀真，台灣大學法律系夜間部畢業，曾擔任律師助理及企業公司法務，目前從事法務工作。人生能夠活到老學到老是一種幸福！無意間的因緣使我涉足古典詩詞的領域，藉著學習古典詩之創作，我更發現詩詞吟唱的樂趣！我確信古典詩詞能豐富我的下半人生，並讓我揮灑出燦爛的色彩！

楊維仁，一九六六年生於宜蘭，現任古亭國中教師，課餘兼任天籟吟社總幹事、網路古典詩詞雅集版主。曾主編《大雅天籟》、《天籟新聲》、《天籟元音》、《天籟吟風》等專輯，著有《抱樸樓吟草》等詩集。曾獲教育部文藝創作獎、台北文學獎、玉山文學獎、蘭陽文學獎、乾坤詩獎等獎項。

天籟吟社大事紀要

二〇〇七～二〇一〇

編者說明：

本社日治時期至二〇〇五年活動紀要詳見潘玉蘭撰《天籟吟社研究》（附錄二、附錄三），萬卷樓圖書公司二〇一〇年六月出版。

本社二〇〇四年至二〇〇六年大事紀要收錄於楊維仁編《天籟新聲》，萬卷樓圖書公司二〇〇七年三月出版。

二〇〇七年

◎一月，社員楊維仁先生個人詩集《抱樸樓吟草》由唐山書局出版。

◎二月十一日乾坤詩刊舉辦十週年社慶，本社顧問羅尚先生榮獲「乾坤詩刊十週年古典詩創作獎」。

◎三月，張國裕製作、楊維仁主編《天籟新聲：天籟吟社 2004~2006 詩選》由萬卷樓圖書公司出版。此書係本社全體社員詩作選輯與本社 2004~2006 例會擊鉢詩選。

◎本社於三月十日假吉祥樓餐廳舉辦春宴暨新書《天籟新聲》發表會。

◎四月，台北藝術大學音樂系博士生楊湘玲發表論文〈淺探臺灣傳統吟詩調的音樂結構：以「天籟吟社」莫月娥所吟七言絕句為例〉，刊載於《台灣音樂研究》第四期。

◎本社於四月廿二日假「許一個夢」餐廳舉行丁亥年春季例會。

◎本社原定於六月十七日舉辦松山奉天宮第四屆詩人聯吟大會，後因與其他地區詩會撞期，於五月十四日決議取消該次詩會，並於五月十五日公告周知。

◎本社於六月十日假「許一個夢」餐廳舉行丁亥年夏季例會。

◎本社顧問羅尚先生於九月二日中午蒙主寵召。

◎本社於九月十六日假「許一個夢」餐廳舉行丁亥年秋季例會。

◎本社於十二月十六日假「許一個夢」餐廳舉行丁亥年冬季例會。

二〇〇八年

◎二月三日台北文學獎舉行頒獎典禮，社員楊維仁先生榮獲古典詩組首獎。

◎本社於二月二十三日假「許一個夢」餐廳，舉辦天籟春宴暨張國裕社長八一華誕慶祝會。

◎本社於二月二十三日舉辦《張社長國裕八十晉一誌慶詩集》發表會，此一詩集由副總幹事洪淑珍女史主編，天籟吟社出版。

◎本社於三月三十日假「許一個夢」餐廳舉行戊子年春季例會。

◎社員蘇逢時先生於四月廿二日逝世。

◎六月，北臺灣科學技術學院講師王釗芬發表論文〈林述三與「天籟吟社」活動之初探〉，刊載於《北臺灣科技學院通識學報》第四期。

◎本社於六月廿九日假「許一個夢」餐廳舉行戊子年夏季例會。

◎天籟吟社為歡迎日本清真會來台舉辦第十次詩歌自詠書作精品展，於八月九日中午假國軍英雄館薔薇廳，舉辦歡迎餐會，本社暨清真會共三十餘人出席。

◎本社於十月五日假「許一個夢」餐廳舉行戊子年秋季例會。

◎十月六日教育部文藝創作獎頒獎典禮，社員楊維仁先生獲頒古典詩詞教師組佳作。

◎十月十九日宜蘭縣蘭陽文學獎頒獎典禮，社員楊維仁先生獲頒古典詩組佳作。

◎本社於十二月二十一日假「許一個夢」餐廳舉行戊子年冬季例會。

二〇〇九年

◎一月十八日下午，本社假「許一個夢」餐廳舉行臨時會議，張國裕社長推舉歐陽開代先生為副社長，與葉世榮先生並列為副社長。經全體出席社員鼓掌通過。
◎本社於二月二十一日假「許一個夢」餐廳舉行己丑年春季例會。
◎本社於六月二十八日假「許一個夢」餐廳舉行己丑年夏季例會。
◎本社於十月四日假「許一個夢」餐廳舉行己丑年秋季例會。
◎天籟吟社部落格於十月四日正式啓用，網址為 http://tw.myblog.yahoo.com/tlpoem，原天籟吟社網站暫停。
◎本社承辦、松山慈祐宮主辦之「二〇〇九年台灣東北六縣市聯吟大會」，於十月二十五日在台北市松山國小大禮堂舉行，參加人數約一百人。首唱〈松山慶重陽詩人聯吟媽祖頌〉限七律十一尤韻，陳榮詎先生、蔡元直先生擔任詞宗，蔡元直掄元。次唱〈四獸山題糕〉限七絕八庚韻，姚植先生、洪澤南先生擔任詞宗，左元右元為王鎮華先生、李裕焜先生。
◎中華民國傳統詩學會於十二月十二日舉行會員大會，並改選第十二屆理監事。本社莫月娥女史榮膺副理事長，鄞強先生當選理事，蔡飛燕女史當選監事。
◎十二月廿五日南投縣玉山文學獎頒獎典禮，社員吳俊男先生榮獲古典詩組第一名。

二〇一〇年

◎本社於一月九日假「許一個夢」餐廳舉行己丑年冬季例會。會中由張國裕社長宣佈今年舉辦九十周年社慶，並推舉下一任社長為歐陽開代先生，副社長姚啓甲先生、黃明輝先生，經全體出席社員鼓掌通過。會後並為九十週年慶拍攝團體紀念照。

◎二月三日於三千教育貿易中心舉行本社九十週年慶籌備會議，出席者張國裕名譽社長、歐陽開代社長、姚啓甲副社長、黃明輝副社長、陳碧霞女士、楊維仁先生。

◎一月，張國裕製作、楊維仁主編《天籟元音：天籟吟社先賢吟唱專輯》由萬卷樓圖書公司出版。此書內含四片唱片，收錄本社先賢林錫牙先生、凌淨嫆女史、林安邦先生吟唱之遺音。

◎二月二十日於台大校友會館蘇杭餐廳舉行本社庚寅年春宴，會中並舉辦交接儀式，由第五任社長張國裕先生將印信交接給第六任社長歐陽開代先生。

◎本社於四月十一日在三千貿易教育中心舉辦庚寅年春季例會。會中並推舉張民選先生擔任副社長，與姚啓甲先生、黃明輝先生並列。

◎本社從四月十一日庚寅年春季例會起，試辦例會首唱由出席社員投票評選。

◎六月，潘玉蘭女史《天籟吟社研究》由萬卷樓圖書公司出版。此書原係潘玉蘭女史二〇〇五年台灣師範大學碩士論文。

◎本社承辦台日第三屆文化交流詩詞聯吟大會，六月廿七日在台北市孔廟明倫堂舉行，應邀參與吟唱之社團計有：日本俊岳流詩吟俱樂部、台灣瀛社詩學會、龍山吟社、文山吟社、灘音吟社、台北市孔子廟詩學研究會、貂山吟社、基隆詩社。

◎本社於七月四日在三千貿易教育中心舉辦庚寅年夏季例會。

◎天籟吟社社與松山奉天宮於八月二日在三千貿易教育中心舉行協調會，本社由張國裕榮譽社長、歐陽開代社長、姚啓甲副社長、黃明輝副社長、楊維仁總幹事代表出席，會中決議雙方於十月卅一日共同主辦「奉天宮安座三十週年暨天籟吟社創社九十週年詩人聯吟大會」，並商定分工細節。

◎本社應邀參與日本第廿五回國民文化祭「文藝祭漢詩徵詩」活動，成績於八月揭曉，本社甄寶玉女史榮獲秀作賞，姜金火先生榮獲入選。

◎九月，葉世榮吟唱、楊維仁主編《天籟吟風：葉世榮古典詩詞吟唱專輯》由萬卷樓圖書公司出版。此書內含一片唱片，並附錄葉世榮詩選《奕勛吟草》。

◎本社於十月三日在三千貿易教育中心舉辦庚寅年秋季例會，同時舉辦「天籟吟社九十週年慶籌備會」與葉世榮先生《天籟吟風》新書發表會。

國家圖書館出版品預行編目資料

天籟吟社九十週年紀念集／楊維仁主編. -- 初版. --
臺北市：萬卷樓, 2010.10
面；　公分
ISBN 978-957-739-693-8（平裝）

831.86　　　　99019464

天籟吟社九十週年紀念集

製　　作：歐陽開代
主　　編：楊 維 仁
封面題字：姚 啓 甲
編　　輯：陳 碧 霞 · 陳 淑 惠
發 行 人：陳 滿 銘
出 版 者：萬卷樓圖書股份有限公司
臺北市羅斯福路二段 41 號 6 樓之 3
電話(02)23216565 · 23952992
傳眞(02)23944113
劃撥帳號 15624015
出版登記證：新聞局局版臺業字第 5655 號
網　　址：http://www.wanjuan.com.tw
E－mail：wanjuan@seed.net.tw
定　　價：360 元
出版日期：2010 年 10 月初版

ISBN 978-957-739-693-8